ちくま文庫

文明開化 灯台一直線!

土橋章宏

筑摩書房

目次

文明開化　灯台一直線！

1　丈太郎

寝入りばな、いきなり船底に放り出された。

打撲した頰がじんわり熱くなる。

激しい波に揺られ、狭い船室は左右に大きくかしいでいた。傷を押さえる暇《いとま》もないまま、丈太郎《じようたろう》は両手で柱を持ち、踏ん張らねばならなかった。

明治二年（一八六九年）の十一月に横浜を出航したマニラ号は、イギリス海軍から日本に貸与された、排水量四二〇トンの外輪船である。

しかし天草灘の時化《しけ》に捕まれば、最新式の蒸気船でも笹舟のように翻弄される。壁越しに聞こえる外輪《パドル》のきしむ音は、女の悲鳴にも似ていた。

死ぬもんか、と思った。ここで死んだらあいつらが笑うだけだ。

「お化け」と、やつらは呼んだ。

（死ぬもんか！）

丈太郎は柱につかまって歩き出した。外輪船の蒸気鑵《ボイラー》は酷使しすぎると爆発することがある。十五の頃から四年間、外国船に乗って働いてきた丈太郎は熟練の船員にそう聞いたことがあった。

(外にいた方が助かるかもしれない)

揺れの中を泳ぐようにしてドアにたどりつき、窓から外をのぞいた。鈍色《にびいろ》の海が針鼠のように波を逆立てている。押してもドアは開かない。風が吹きつけているせいだ。

丈太郎は渾身の力を振り絞って船室のドアを押した。わずかに開いた隙間から強い風が吹き込んでくる。歯を食いしばった。どうせ死ぬのだとしても外に出たい。閉じこもったまま死ぬなんてまっぴらだ。風に負けないように押しつづけると、急に抵抗が失せ、バンと音を立ててドアが開き、全身に潮が叩きつけてきた。

あわてて目を拭うと鋭い痛みが走る。海水が目に染みた。丈太郎は天を向き、顔面を叩く激しい雨で目を洗った。一つ大きく呼吸する。

下腹に力を込めて目を開くと、灰色の雨の隙間にリチャード・ブラントンの姿が見えた。

雨の中でぼやける赤い髪は炎のようにも見える。

吹きすさぶ風雨でまつ毛には水滴がたまっていたが、昂然と顔を上げ、まばたきすらしない。

がっちりと帆柱をつかんだリチャードの片腕には筋肉のこぶが浮かび上がっていた。

嵐に挑むように胸を張っている。

帆の一番上にはユニオンジャックの旗が音を立てて翻り、彼と同調して風と戦っているようにも見えた。

(さすが英国紳士だ)

揺れと豪雨の中で、丈太郎はすっと心の中が晴れるような気がした。

「サー・リチャード！　危険ですから船室に入ってください！」

イギリス人船員の声が飛ぶ。

「うるさい！　こんなことには慣れている」

リチャードは怒鳴るとポケットから小さな双眼鏡を出し、船べりから身を乗り出した。

恐れは微塵も感じられない。

「すごい……」

丈太郎は怖じ気づいた自分が許せなくなった。

船室から見ると恐ろしかった高波も、甲板で見ればまだましに思えた。海を盛り上げ、ぬらりとした水の山が次々に押し寄せてくるが、動きに合わせて体のバランスをとれば転ぶこともない。

よく見ようとしないから怖いのかもしれないと丈太郎は気づいた。

(これからは恐ろしいときほど目を見開こう)

雨をにらみつけた。

イギリスに行くまでは、恐れることを自分に許すまい。

通訳の丈太郎がいるのに気づき、リチャードがこちらを見た。

「ジョー!」

「はい、サー・リチャード」

「エリーザとヘンリエッタは大丈夫か?」

リチャードは妻と娘の安否を聞いた。

丈太郎は、船室のベッドでお互いに抱き合って怯えていた二人の姿を思い出した。

「怪我はありません」

「よし」

リチャードは微笑んで頷いた。

イギリス人のクルーたちはきびきびと動いたが、研修のため船に乗っていた日本人の訓練生たちは座り込み、航海安全の御守りを握りしめ、経を唱え始める者までいた。

リチャードはそれを見て鼻を鳴らした。彼には神に祈る習慣がない。徹底した現実主義者である。

「見えたぞ!」

リチャードは波間に時々のぞく伊王島を双眼鏡の端にとらえると声を上げた。指さす方向に船長が舵を切る。

「暗礁に気をつけろ！」

水夫の声が飛ぶ。

その声を聞き、丈太郎は柵を伝って甲板の一番先端に立った。

「ジョー！　危ない！」

「戻れ！」

後ろから飛んでくる声を聞きながら、丈太郎は身を乗り出した。

海面をのぞきこむ。

マニラ号の喫水は浅いが、波で海面が下がれば暗礁に接触して座礁する可能性もある。

丈太郎の目が水面の色のわずかな変化をとらえた。

「面舵《おもかじ》！」

手を右に突き出しながら叫んだ。

船はやや遅れて右に向かい、吸い込まれるように波の谷間に沈んだ。

直後、海の左前方から尖った岩の群れが顔を出すのが見えた。まるで獣の牙のようだ。

マニラ号の左舷が迫っていく。

「かわせ！」

絶叫したが、船は曲がらない。

腹の底がすっと冷たくなった。

しかし、ぶつかると思われた刹那、船は大きく傾いて右にそれ、ぎりぎりのところで岩をかわした。船の梶《かじ》は少し遅れて利くことをようやく思い出す。岩礁はみるみるうちに後ろに遠ざかっていった。

ほっとしたとき、丈太郎はようやく額の汗に気づいた。雨よりもわずかに暖かい汗だ。腕でぬぐうともう次の暗礁が迫ってきていた。丈太郎は海面に集中し、目を凝らす。

マニラ号が暗礁のある海域を越えて長崎湾に入ったのはそれから半刻(一時間)後だった。動きの早い雲が去って雨が止むと、陽射しが帆を白く照らす。今までの嵐が嘘のように波は小さくなり、船の外輪もしっかりと水をつかむようになった。回転パドルでかきあげた細かい水滴が風に乗って飛び、虹を作る。船員たちの表情にも、ようやくほっとした色が浮かんだ。

丈太郎も、腰につけていた手拭いをしぼって顔を拭くと港の景色を見る余裕が出た。

「危なかったようだな」

リチャードが案内役の日本人船員に言った。丈太郎がすかさず訳す。

「肝を冷やしました。ここらの海はよく荒れるし、暗礁も多いんです。あれを見てください」

　船員は西の方角を指差した。暗礁に乗り上げ、座礁した漁船が何隻も見える。引き裂かれた帆が紙きれのように、岩にへばりついていた。

「ジョーもよくやった」

　リチャードが言葉をかけてくれた。

「はい」

　快活な笑顔でこたえた。イギリスに住むには彼の助けがいる。なんとしても気に入られたかった。

「暗黒の海《ダーク・シー》か……」

　リチャードがつぶやいて長崎湾を見渡した。

　日本の近海には暗礁が多い上に、海岸線も複雑に入り組んでいる。しかし各地の岬には光の弱い灯明台や常夜灯がわずかに設置されているのみであった。それゆえ遠洋からの識別が非常に難しく、航路標識もほとんどなかったため、諸外国の船は日本近海を「ダーク・シー」と呼んで恐れた。

　そんな中、一八六六年五月、日本は、アメリカ、イギリス、フランス、オランダの四ヶ国と結んだ〈江戸条約〉の中で、八ヶ所の灯台を整備することを約束させられた。すなわち、観音崎、野島崎、樫野崎《かしのざき》、神子元島《みこもとじま》、劔崎《つるぎざき》、佐多岬、潮岬《しおのみさき》、伊王島の灯台である。

これらの地は各国の航海士の意見を聞いて選ばれた、灯台が不可欠な最重要地点であり、日本は性能の良い灯台を迅速に設置する必要に迫られた。

しかし明治初期の日本には、十分な明るさを持つ灯台を作る技術がなかった。外洋船が安全に入港するためには、最低でも陸から一〇里（四〇キロメートル）以上の光達距離が必要である。

そのため、高性能な洋式灯台の技術を、至急導入せざるをえなくなった明治政府は、英国の土木技師リチャード・ブラントンを、高給をもって日本に招聘《しょうへい》した。

彼は日本初の〈お雇い外国人〉であった。

そして今、リチャードは〈江戸条約〉の八ヶ所の最重要地点を検分してまわっている途上にあった。長崎の伊王島は七番目の灯台である。

リチャードの任務は、すでに着工している灯台では建設の進捗状況を確認し、まだ正確な設置場所が決まっていないところでは、未調査の湾を測量し、現地の資材や労働力を調べることである。

暴風の洗礼を受けたマニラ号は、ようやく港に着岸した。

長崎港は高い丘陵に囲まれた美しい港である。鎖国中も出島にはオランダ商船や清の交易船が訪れており、煌びやかな佇《たたず》まいで、日本の他の地方とは趣を異にしていた。港を歩くと外国人の姿もしばしば見られ、商売人もそれに慣れている。

初めて訪れた長崎の地を見て丈太郎の心は昂《たか》ぶった。

マニラ号が挨拶がわりに汽笛を一つ鳴らす。

船の係留が終わると、あたりにカモメが舞い始めた。

丈太郎が岸壁に降り立つと、黒髪を強い海風がなぶった。強いくせ毛なのでさほど風に乱されることはない。シャツ一枚の上に水夫用の外套を羽織ったきりだが寒くはなかった。ポケットがたくさんついた防水ズボンは、早くも乾き始めている。

耳の早い船員たちの話によると、同じく灯台検分のためマニラ号に帯同していたアンガス号は、先ほどの時化で蒸気機関が故障し、修理が必要になったとのことだった。

マニラ号にはリチャードを始め、イギリス人クルーが多数乗り込んでいるが、アンガス号の乗員は全て日本人である。そちらは船も船員も上等とはいえない。


「よう、坊主！」

アンガス号の船員が、陽気に声をかけてきた。

「お前、目がいいんだってなぁ。あの暗礁を全部かわしたそうじゃねえか。どうだい、同じ日本人同士、うちで働かねえか？」

「……」

丈太郎が振り向くと、男はぎょっとして一歩身を引いた。

「お、おめえ……」

丈太郎は無言で再び海の方を向いた。

黒い髪も肌の色も、後ろ姿はどこから見ても日本人であったが、夕陽に照らされたその瞳だけは、透き通るような緑色をしていた。

2　リチャード

（ここも手早く終わらせてやろう）

そう思いながら、リチャード・ブラントンは大股で歩いていた。

長崎に足止めとなり、急遽《きゆうきよ》用意された宿舎は、港から一キロメートルほど南の長崎居留地にあった。大浦一帯の海岸を埋め立てて造成されたこの居留地は丘の北東側に位置し、大浦天主堂やトーマス・グラバーの大きな邸宅などもある。

リチャードの後ろからは、一家のトランクや生活道具を満載した大八車がついてきていた。道路は整備されておらず、車輪が石を踏むたびに荷物が跳ねる。それを見て妻のエリーザは不安そうな顔をしたが、娘のヘンリエッタは揺れる船から解放されたのが嬉しかったのか手を振って元気に歩いている。

一番後ろからジョーがついてきていた。

「ここか……」

瓦ぶきの日本家屋に案内されたリチャードは、肩をすくめた。きっと中は畳敷きだろう。そうなると靴のまま中に入れないから面倒だ。

到着すると、近所から手伝いに駆り出された下男たちが総出で荷をおろし、家に運び込んだ。

ジョーもそれを手伝っている。

「ジョー。君は通訳だ。そんなことしなくてもいい」

「大丈夫です、サー・リチャード。早く落ち着けた方がいいですし」

ジョーは元気のないエリーザを気づかっていた。

「すまないな」

「いいえ。いいんです」

痩せてはいるが背の高いジョーが、トランクを軽快に持ち上げた。

ジョーを知ったのは十日ほど前、広島に停泊していたときである。

若い船員が病死し、急遽マニラ号を広島に寄港させたリチャードは、日本の役所と埋葬の交渉をする必要に迫られた。そのとき、乗組員のつてで紹介してもらったのがジョーだった。

それまでついていた通訳は、さほど英語が堪能でなく、誤訳が多くて困っていたところだった。

ジョーは他の外国船に乗っていたが、通訳の仕事を依頼すると、すぐにマニラ号に乗り換えてくれた。

彼の日本名は丈太郎だが、船員たちの間ではジョーと呼ばれている。父はイギリス人とのことだ。それは目の色を見てもわかった。日本に生まれ、幼い頃、父に英語を習い、その後は外国船で働きながら英語を身につけたらしい。

能力を試したとき、前にいた通訳よりはるかに英語が堪能だったため、前任者を解雇し、彼を採用した。十九歳と若いが、礼儀正しいのも気に入っている。

ただ、どこかおどおどしているところがあった。そこはやや気になるが、仕事にはなんの支障もないのでそばに置いた。

契約はこの航海のみとしたが、うまく馴染んでくれれば、そのあともずっと雇い続けてもいい。

（しかし予定が遅れすぎだな）

予想外の事故が多く、航海の予定が大幅に延びている。

灯台建設地の巡視は、どの地域でも一週間ほど滞在すればよかったが、長崎ではアンガス号が故障し、修理のため長崎製鉄所（後の長崎造船所）へ預けられることになった。

修理には一ヶ月以上かかる予定で、長い足止めとなる。

（だからいわぬことではない）

リチャードは苦々しく思った。同じ船に乗って航海をすればよいのに、日本の役人たちはわざわざ違う船を購入し、日本人だけで固まって行動しようとした。しかもブローカーに騙されて調子の悪い中古船をつかまされ、航海の各所でトラブルを起こしたのである。

維新後、日本人は世界各地で中古の蒸気船を買いあさったが、劣悪品をつかまされることも多かった。修理費がかさみ、結局は新造船を買う方が安くついたということもある。

リチャードには、短期間で多くの灯台をつくるという技術的な課題の他に、日本の役人と折衝するという仕事も課せられており、頭を痛めていた。

アンガス号の修理を待つ間、リチャードは伊王島灯台の建設スケジュールを試験点灯の段階まですすめることにしようと思った。この地点は、天草灘から長崎港への道案内をするための灯台である。

もともと伊王島には日本人が建てた灯台があったが、必要な性能を満たしていないので、廃棄することになる。

今現在は新しい灯台を設置するため、土台工事をしているところである。今後、その上に灯台の本体を建て、イギリス本国から運ばれてくるランプ部のユニットを装着すればいい。ランプを設置する際には試験点灯を行い、そこで灯台の光が必要とされる距離まで届くことを確かめれば作業は終了だ。

また伊王島灯台の建設を指揮しながら、九州最南端の佐多岬灯台の建設予定地も視察し、測量まですませておこうと思った。佐多岬ではまだ正確な設置場所が決まっていない。

さらにリチャードは日本に設置する灯台の設計をもう一度見直そうとも思った。欧州と違い、夏には高温多湿になる日本の風土環境に合わせ、灯台守の生活スペースや照明室の換気機能も研究しなければならない。灯台は給油やガラス管の掃除など毎日のメンテナンスを必要とする。快適で風通しの良い環境を設計しないと、各地の灯台はうまく機能しないだろう。

各国の航海士の安全がリチャードの腕一つにかかっていた。

「リチャードさん、これはどこへ置きますかな」

荷物の搬入を指揮している下働きの老爺、五平が地球儀を手に持って聞いた。

ジョーがすぐに訳してくれる。

「仕事場に運んでおいてくれ」

ジョーに向かっていった。五平にはそれが何をするためにあるものか、よくわからなかったのだろう。

（日本は所詮、仮住まいだ）

灯台設置の仕事を一刻でも早く終わらせて我が家に帰りたいものだと思いつつ、リチャードが玄関に入ろうとしたとき、したたかに頭をぶつけた。

「くそ！」

思わず汚い言葉で罵った。

日本の家屋は戸口が低く、中が暗いというのをすっかり忘れていたのである。

「大丈夫ですか？」

ジョーが心配そうな表情で聞いた。

「大丈夫だ」

リチャードは平然を装って答え、頭を押さえようとした手をポケットに戻した。

「日本の家はなぜこんなに狭いんだ」

頭がじんじんと痛む。

この当時の日本人の平均身長は一五〇センチほどだったが、リチャードは一八〇センチを超えていたため、通常の日本家屋ではいかにも手狭である。急ぎ手配された屋敷なので、ベッドの用意もない。布団に入っても足が出る始末だった。

先進国の設計技師である彼が見ると、日本の家屋は気密性が低くて、冬はおそろしく寒い。また、細い木の柱が重い瓦の屋根を支えており、理に合わない構造である。部屋を隔てるのはドアではなく紙を貼られた障子で、プライベートが守られているとはいいがたかった。しかもガラスを使ってないので採光も不十分である。

「ここは暗すぎる。明かりをつけろ」

リチャードはジョーに命じた。

「サー・リチャード。まだ日は暮れていませんので……」

「いいから早くつけるんだ！」

「はい」

ジョーは五平にいい、行灯《あんどん》を持ってこさせた。

しかしその明るさではとても満足できない。

「まだうす暗いじゃないか。明かりをつけたかどうかわからんくらいだ……。この家には石油式のランプはないのか」

「石油……ですか？」

「なんだ、知らないのか。地面からしみ出る油のことだ」

「地面から？」

ジョーは混乱したような顔をした。

「ないならしょうがない」

リチャードは肩をすくめた。

この時代、日本の住居を照らしていたのは植物油に芯《しん》をつけて燃やす行灯が主であり、石油灯に比べて照度がかなり低い。

石油が日本に伝わったのは、一八六〇年のことである。その頃は臭水《くそうず》ともいわれた。蘭方医の林洞海が、渡米した友人から譲り受けて点火したのが日本での起源で、それが普及するのはこのときからおよそ十年後のことである。

やれやれと思いながらリチャードは階段を上った。

去年、彼が日本初の電信架設（東京・築地～横浜間）を構築した際、横浜居留地に用意された家は、大柄な西洋人が出入りできるようきちんと設計されており、ランプにも石油灯が使われていた。

こうなったら伊王島には最新式の灯台だけでなく、立派な洋風建築の退息所（灯台守の住居）も建ててやろう、とリチャードは決意した。

何かを伝えるためには、口でいうよりまず手本を示す方がいい。

夕刻、不満足ながらも仕事部屋をととのえおわったリチャードは、ようやくこの日初めての紅茶にありついた。

白い陶器のティーカップに満たされているのは東インド産のダージリンである。カップを傾けると、琥珀色の透き通った熱い液体が滑らかに喉を通り、やがて胃を暖めた。

ホウッとため息をつくと疲れがやわらぎ、本来の自分自身に戻ったような気がする。

まずは灯台の本体を設置する材料をもう一度見直さなければならないだろう。鉄製なのか石造りなのか。人がなかなか行けないような厳しい環境の土地に建てるとなれば、耐久性を考え鉄製の灯台がいい。また灯台守の部屋の広さに関しては、日本人がもっとも必要とする生活用品が何なのかを研究せねばならない。七輪なのか炬燵なのか暖炉なのか。考えることはたくさんあった。

精神を集中し脳が活性化していくのを快く感じながら、リチャードがさらにもう一杯、紅茶を飲もうとしたところで、ドカドカと長身の優男が部屋に入ってきた。

くるりと巻いた口ひげが宙に揺れている。

「アーネスト、君か」

リチャードは口を歪めた。

アーネスト・サトウはイギリスから来ている通訳である。英国公使ハリー・パークスの下で外交官も務めている男だ。明治維新の際には長州に味方し、勝海舟や西郷隆盛らと折衝して大政奉還にも深く関わった。

「よろしくやってるようだな、リチャード。え？」

アーネストは落ち着きなく、分度器を持ち上げたり、地球儀をくるくると回したりした。

「通訳は間に合ってる」

窓の向こう、庭先で娘と話しているジョーを見ながらいった。

「そうつれなくするなよ。役所からの返事が遅れて暇でね」

「ふん。相変わらずの待ちぼうけか」

「ああ。何かといえば『持ち帰る』ばかりだ」

「まったく、日本人ってのは決断が遅いな。見ればすぐわかることでも延々と待たせる」

「官僚どもは自分のせいで失敗したくないだけなのさ、実際」

アーネストはにやっと笑った。

「君はまだいい。外交官だからな。私のような技術者に対しては、奴らはとにかく威張ってくる。プライドが高すぎるから、なんとかして外国人を下に見たいらしい。その上いつも、凝り固まった理不尽な考えを押しつけてくるから始末におえない」

「で、その考えはたいてい失敗するんだろ？」

「そうなんだ。彼らはどうしても合理的に考えられないようだ」

リチャードは横浜の電信工事のことを思い出し、暗澹たる気持ちになった。彼の上役にあたる日本の役人に、工法の改革案を示しても、ことごとく反対され、問題点をいくら説明しても聞かなかった。ハリー・パークスの助けがなければ、とても工事は進まなかったであろう。さいわい、パークスは実力者であり、日本の政府関係者には顔が利くので便宜を計ってくれた。

折衝する手段を持たない他のお雇い外国人は、その才を認められず、日本の役人のあいまいな指図に左右されて、役に立たないゴミのような建築物をつくってしまうことも多かった。日本側の強情さに負けて折衷案を採用すると、まず事業は破綻する。

その点、リチャードは一歩たりとも自分の主張を譲らなかった。日本の役人たちと測量法や予算などでずいぶん衝突したが、だめなものはだめだと撥ねつけた。灯台はイギリスだけでなく諸外国の船が使うものであるし、クルーたちの命がかかっている。条約通り厳格に設置されねばならない。さもないと指導役の自分が来た意味がまるでない――。

考えにふけっていると、アーネストがいつの間にかティーカップを持っているのを見て唖然とした。

「おい、それは……」

早くも、彼は妻から紅茶をせしめてきたらしい。

「うまいな。インド産か？　ストックはあとどれくらいある？」

「お前にはやらんぞ」

リチャードは渋い顔をした。

「そういうなよ。僕の持っている日本茶と交換しないか？」

「断る」

リチャードは一度だけ飲んだことのある、黄色くて渋い日本茶を思い出した。

「茶葉は英国も日本もそう変わらないんだぜ。日本茶もうまく蒸すとなかなかいける。君は鉄瓶というものを使ったことがあるか？」

「鉄瓶？　鉄製のボトルか？」

「まあそうだ。盛岡というところで作られる南部鉄瓶さ。あれで湯を沸かすと、ただの水に味がつく」

アーネストはその味を思い出したように顔を和ませた。

「そんなことあるわけないだろう。鉄が錆びるじゃないか」

「それがよく手入れすれば大丈夫なんだ。焼付塗装もしてあるしな。今度飲ませてやるよ。京都のグリーン・ティーにもよく合う。渋いが実にまろやかだ」

「おいおい、お前はこの国に遊びに来ているのか？」

リチャードは両手を広げていった。

「まあ、もうちょっとで帰るがね」

「そうか、賜暇《しか》か」

「五年はあっという間だったよ」

アジア地域で勤務するイギリスの外交官は、勤続年数が五年を過ぎると一年の休暇を申請できる賜暇という制度がある。

アーネストにもその時期が巡ってきていた。

「リチャード、君はもうちょっと肩の力を抜いたほうがいい。この国はいろいろと面白いぞ」

アーネストの瞳がいたずらっ子のようにきらめいた。

「暇人め。俺は忙しいんだ」

リチャードは鼻を鳴らした。

とはいえ、気がつけばいつの間にかアーネストの話に引き込まれている。その如才なさには、ひそかに嫉妬すら覚えた。なにかといえば話題につまり、闊達《かったつ》に人とコミュニケーションできない自分を、リチャードは内心苦々しく思っている。

第一、自分は考えることが他人とは違うらしい。建築の話なら何時間続けても飽きないが、パーティーに出ると、まわりの者たちは天気の話やつまらぬ噂話などで実によく時間を潰す。

なぜ彼らは退屈しないのか？

不思議だった。目的のない話を延々と続ける気がしれない。そのためパーティーはできるだけ避けるようにしていた。

しかし、アーネストといると、そんな自分でさえ会話が進み、自分が重要人物にでもなった気がして退屈を感じない。もっとも、そうでないと外交官など務まらないのであろうが……。

気おくれを感じてやや不快になり、彼が早く帰ってくれるようにと仕事を再開するふりをした。

しかしアーネストは意に介さず居座って、机の上のビスケットまで遠慮なくつまんだ。何をやっても憎まれない人間というのはいる。

窓の外を見ると、海岸で村の子供たちが、単衣《ひとえ》の着物とふんどし一つで走り回っていた。

「やはり野蛮だな」

「あれはジャパニーズスタイルさ」

アーネストがにっこり笑った。

「彼らには羞恥心というものがないのか」

「日本人は自然のままの姿を大事にするんだ。つまり万物に神が宿っているという思想だね」

「辺境には主の御手も届かんか」

リチャードは小馬鹿にしたようにいった。

「馬鹿、聞かれたらどうする」

アーネストはおそるおそる天井を見上げ、十字を切った。

「ふっ」

アーネストの弱みを知った気がして、ようやく心が軽くなったとき、彼がいった。

「そういえばフランスのヴェルニーという男も、こっちで灯台を造っているようだね」

「ああ、あいつか！　奇をてらってばかりで、ろくなものを造らん」

リチャードは横浜でヴェルニーと会ったときの生意気な態度を思い出し、むかむかした。

レオンス・ヴェルニーはフランスの技術者である。横須賀の製鉄所や横須賀海軍施設ドックなどの建設を指導したお雇い外国人の一人だ。彼は自分が携わった横須賀の施設に船を入れるため、観音崎や城ヶ島に、いち早くフランス製の灯台を造った。

リチャードは横浜居留地で彼と出会ったが、洒落者《しやれもの》気取りの高慢な男であり、最初からまったく気が合わなかった。

「フランスの建築デザインこそもっとも日本に取り入れられるべきである。あとはクソだ」といってはばからず、鼻持ちならない男である。

「しかし彼の設計した製鉄所はなかなか立派だったぞ」

「予算を五割もオーバーしたそうじゃないか。とかくフランス人は見栄を張りすぎる」

「まあ、確かにね」

アーネストが少し肩をすくめた。

「それでリチャード、君の本業は鉄道建設だったと聞いたが、灯台についてもプロフェッショナルなのか？」

「そんなもの、三ヶ月でマスターしたよ」

リチャードは机の上の設計図を指し示した。

彼は日本に来る前、イギリスでもっとも高名な灯台技師であるスティーブンソン兄弟に師事してレクチャーを受けた。

リチャード自身、もともと優秀な土木技師である。私立学校を出るとすぐにスコットランドの州都アバディールで、カレドニア鉄道会社の土木技師の助手となって鉄道敷設工事に携わり、転職してからはイギリス南部地方の鉄道を建設した。

実地で経験を積んでいたため、灯台建設に関する技術の習得も早く、光学から灯台守の点検業務までを学び終え、彼は日本に来たのである。

「ところがリチャード、日本の工業指導では、我らの同胞の多くが苦戦中だ。長崎造船所も建設中にトラブルが多発している」

アーネストが真面目な顔をしていった。

「何があったんだ？」

「さあね。我々の技術が通用しないことが起こっているのさ。たとえば地震だ。あれは恐ろしいぞ」

「地震だって？　すでにスティーブンソン兄弟が照明装置に耐震設計を織り込んでいる。図面どおりに造れば問題ないと思うが」

世界のどこであろうと、地面があれば建物は建てられる。リチャードにはイギリスの各地で鉄道を敷設してきた自信があった。

「工業のことばかりじゃないぞ」

アーネストの懸念は絶えなかった。

「頑迷な役人のことか？」

「それもあるが……。もっと恐ろしいことがある」

「なんだ？」

「このあたりには攘夷のサムライがまだ多いんだ」

「攘夷？」

リチャードの初めて聞く言葉だった。

アーネストは鉄製の定規をおもむろに取り上げた。

「聞いたことがないか？　七年前、サムライの大名行列を馬で横切ったイギリス人が四人斬られてな。それが原因で薩摩藩と戦争になった。あれは行列のルールを知らなかった我らも悪かったが、そうでなくとも、外国人を敵視する者も多いってことだ」

生麦事件といわれるこの悲惨な出来事は、行列の先頭にいた薩摩藩士たちが、正面から行列に乗り入れてきた騎乗のイギリス人四人に下馬して道を譲るよういったものの、従わなかったために起きた。イギリス人たちは「わきを通れ」といわれただけだと思いこんだのである。

行列は道幅いっぱいに広がっていたので、四人は行列の中を逆行して進み、ついには島津久光の乗る駕籠の近くまで馬を乗り入れた。そこでようやく藩士たちの無礼を咎める声にまずいと気づき馬首をめぐらそうとしたのだが、あたりかまわず動いたため、斬りかかられてしまった。

四人のうち一人は死に、残る三人も重軽傷を負った。

「全く……。未開人だな」

リチャードは吐き捨てた。

「ほらそれだ」

いうと、アーネストはいきなり手に持っていた鉄定規をぴたりとリチャードの首に押し当てた。

「何をする!?」

ひんやりした鉄の感触に、リチャードは思わず声を荒げた。

「相手を見下したそういう態度、サムライは敏感に気づいてすぐ斬りつけてくるぞ。あの日本刀というやつは世界で最も切れ味のいい刃物らしい。サムライはミスを犯したとき、その刀で自分の腹を切るんだ」

リチャードは手で定規を押し返した。

「俺は建築家だ。そんなやっかいな奴らには関わらん」

「だが気をつけたまえ。この国ではイギリスの常識など通用しない。命は安いぞ」

「日本人がサムライなら、我々は騎士だろう。大英帝国の者がそんなに気弱でどうする」

リチャードは鼻で笑った。

「仕事の邪魔だ。帰れ」

「何かあったら呼んでくれ。パークスに君のことをくれぐれもと頼まれていてね」

「わかった、わかった」

アーネストを早々に押し返して、リチャードは椅子に座った。

カップに残った紅茶を飲むと、すでに冷え切っている。

「エリーザ、新しい紅茶をくれ！」

階下で妻の返事が聞こえた。

声が弾んでいるのはアーネストにお世辞でもいわれたからだろう。リチャードは舌打ちをした。

椅子に座り、気を取り直して、伊王島灯台の設計図をながめた。設備の改良点が浮かんでくる。リチャードはペンを取って書き込み始めた。

図面に集中しているときだけは、誰もリチャードを悩ます者はいなかった。

3 丈太郎

「君かい、通訳の坊やってのは」

陽気な声がして、丈太郎は窓をふく手を止めて振り向いた。

長身の外国人が立っている。人なつっこそうな顔でこちらを見ていた。

「あなたは？」

「アーネスト・サトウだ。イギリスの領事館で働いている。リチャードとは知り合いなんだ」

「サトウ？」

日本風の名前だったが、見た目は欧米人だ。英語にもネイティブな響きを感じる。もしかすると、自分と同じ境遇なのか。わずかな期待を込めて聞いてみた。

「あなたは日本人なのですか？」

「いや、残念ながら違う。スラブ系の名字でね」

アーネストは微笑んだ。

〈サトウ〉という姓は日本とは関係なく、たまたま同じ発音の外国の姓だったが、親日家のアーネストはこれに漢字を当てて「薩道」と名乗ることも多かった。

「そうですか。失礼しました」

アーネストは丈太郎が落胆する間もなく尋ねてきた。

「君はハーフなのか？」

目の色を見たのだろう。丈太郎は思わず目を逸らした。

「綺麗な目をしているね」

「えっ？」

そんな風にいわれたのは初めてで、再びアーネストを見た。

「これからは君のような人が日本と諸外国をつなぐのかもしれないな。僕もハーフだが、二つの国の文化が自分の中にあることで、ずいぶん得をしたよ」

「得？　あなたもハーフなんですか？」

「ああ。ドイツ人の父とイギリス人の母のね。勤勉な紳士ってとこかな？」

アーネストは冗談をいって一人くすくす笑った。

「驚きました……。あなたはハーフであることを苦にしていないようですね」

「苦しむ？　なぜ？」

アーネストは意外だというような顔で聞いてきた。

「それは……」

口ごもった。目の色のせいでいじめられた思い出が甦る。「お化け」と呼ばれ、石も投げられた。遊びの仲間にも入れてもらえず、いつも一人で時間を潰すしかなかった。丈太郎はずっと自分の目を呪ってきた。泉の水面《みなも》を覗き込んでは、そこにうつる目を何度も手でかき回した。母親に相談しても、黙って首を振るだけだった。

他の子供と同じように黒い目だったら、と何度も思った。

しかしアーネストは、そんな自分の目を綺麗だという。

「この目のせいでずっとのけ者にされてきたんです」

答える声が震えた。

丈太郎の父はイギリスの海兵である。

嘉永二年（一八四九年）、イギリスの軍艦マリナー号が浦賀を測量したとき、父は脱走して日本に密入国した。日本は黄金の国だと聞いていたらしい。なお、マリナー号は測量を開始してから九日後に、浦賀奉行の戸田氏栄と伊豆代官の江川英龍《ひでたつ》に追い返されている。

父は軍艦で音吉《おときち》という名の日本人から言葉を少し習っていた。音吉は天保三年（一八三二年）、暴風によって漂流し、外国船に救助された後、通訳として様々な船で働いていた男である。

ひと山当てようと思った父はマリナー号から脱走して日本に泳ぎ着いた後、髪を剃り落とし、寺から着物と笠を盗んで僧の姿に変装して潜伏した。口のきけぬふりをして、托鉢をしながら方々をさまよい、女郎をしていた母親のところに転がり込んだのである。閨《ねや》を共にした母はさすがにその正体に気づいたが、どういう気まぐれかずっと父を匿《かくま》った。容姿に恵まれず、人気のない遊女だったからかもしれない。当時は鎖国中で異国船打払令もあり、異人と見つかればすぐに捕らえられただろう。

「異人だけど、優しかったしねえ。神様の思し召しかと思ったんだ。暮らしてみれば日本の男とそう変わらなかったけどさ」

母はそう振り返るが、丈太郎にはあまり記憶がない。ただ、物心つくまでは丈太郎と共に暮らし、誰にもいわぬことを条件に英語を教えてくれた。父も好きなだけ英語をしゃべれることが楽しかったのだろう。母は昼も夜も働きに出ており、話し相手は父だけだった。丈太郎は日本語よりも英語の方を早く覚えた。

父は巡礼を装いながら佐渡島まで辿り着いたが、すでに黄金が掘りつくされたことを知った。失意の中、ホームシックにもかかり、開国後、横浜に来たイギリスの船でさっさと本国に帰ってしまったのである。

丈太郎に緑色の目だけを残して。

「この目を見ると皆が避けるんです」

情けなさを投げ出すように、アーネストをまっすぐ見た。全くの他人の方が、赤裸々に事情を話しやすいのかもしれない、とふと思う。

「馬鹿だな、君は」

アーネストが首を振った。

「えっ？」

「ハーフであることが悪いんじゃない。差別が悪いんだ」

「差別？」

知らない言葉だった。

「そうさ。人には自分と見た目や性質の異なるものを排除したいと思う本能がある。異質な人々や、身分の低い者を疎外したり拒否したりするのが差別だ。たとえば君たちの国も鎖国をしていただろう？　よくわからない人間に、自分たちのテリトリーを荒らされたくなかったのさ」

なるほど、と丈太郎は思った。なぜ鎖国したのかについてはあまり考えたことがなかった。

「同じような者ばかりが集まると、ますます自分たちと異なる少数派《マイノリティ》に対して差別をするようになる。楽だからだ。異文化のことを考えたり気づかったりしないでいいからね。また、異質な者が自分の知識や能力を超えたらプライドを傷つけられるし、立場を脅かされるかもしれないと考える。さらに醜悪な人間になると、差別することによって優越感を得たり、差別で嗜虐《しぎゃく》的な気持ちを満たしたりするがね」

「僕は邪魔者だったんですか……」

丈太郎の心は冷えた。子供たちにとって、自分は安心できない異物だったのだ。もしかすると彼らは自分をいじめて喜んですらいたのか。

「でもそれは人間の暗い面だ。リチャードがなくそうとしている日本のダーク・シーのように」

アーネストは明るく笑った。

「僕はいろんな人間を見るのが好きだ。自分とまったく違う人間と会うのはエキサイティングだと思わないか？　文化の違う国と貿易をすれば儲かるし、新しい知識を得られる。勝海舟や伊藤博文と話すのは実に楽しかった。彼らは人物だね。我々は友人になることができた。異文化交流は素晴らしいことじゃないか」

落ち込んだところに前向きな考え方を次々と語られ、丈太郎はめまいがする思いだった。

「ねえ君、異物は排除することもできるが、受け入れることもできる。つまりお互いの違いを認め、親しくなろうとすればいい。僕は皆がそうできると信じている。主、イエス・キリストは『信じる者は救われる』といっている。つまりYESだ。NOじゃない」

アーネストはまたつまらない冗談をいってひとり笑った。話し出すと止まらないようだ。

「そうそう、君の国にはもう一つ特殊な事情がある。それは日本が海に囲まれていて、国民の見た目がほとんど一つであるということだ。我が国では金髪や赤毛、黒い髪の人間もいるし、目の色も多種多様だ。しかし自分と同じような姿形しか見たことのない日本人は、外見の違うものを極端に警戒する。ある者は恐れ、ある者は馬鹿にしたり、敵対したりもする。それは日本人が長い間、国を閉ざしていたからだ」

「……そんなこと、考えたこともありませんでした」

アーネストの広い知識に基づいた分析に感銘を受けていた。この人はどれだけ異国を見歩いてきたのか。そして、どれだけ偏見を持たれ、それを跳ね返してきたのだろう。

「ヨーロッパじゃ国同士が近いし、ハーフなんて珍しいものじゃない。だから日本人が外国人に慣れ、異文化に親しみを持とうとすれば目の色の違いなんかすぐ解決する。知識の問題なんだ。僕はそう思うよ」

そうなるまでどれほどかかるだろう、と丈太郎は思った。

「しかしアメリカのペリーのように力ずくで来る者もいますよね？」

「あれは戦争屋だ。僕は外交官だからね。自ずと主張は違う」

アーネストは手を広げた。

「それで君はこの先、どうなりたいんだい？」

アーネストはさらにずかずかと垣根を越えてくる。しかしなぜかそれは快かった。

「父の国であるイギリスに住みたいです」

「どうして？」

「イギリスではきっと目の色で差別されないから……」

忌み嫌われた日本を捨て、イギリスで暮らす。それが丈太郎の夢だった。だからこそ、外国船で働いて英語に磨きをかけ、金を貯めている。イギリスに行けば父にだって会えるかもしれない。

「それは違うなぁ」

アーネストは人差し指を立て、左右に振った。

「イギリスはイギリスで根強い差別がある」

「えっ？」

「つまりブルジョワジーと労働者階級の差だね。すぐにわかる。たとえば君の話している英語はコックニーだろう」

「コックニー？　なんですか、それは？」

「労働者階級の使う言葉さ。なまりがある。階級が違うと言葉も行く店も違う。対立はないように見えるが棲み分けがある。まあ目の色で差別はされないが、君は移民ということになるね。上流階級というわけにはいかないだろう。仕事の種類も限られるだろうな」

「そうなのですか」

新天地の雲行きが怪しくなってきた。

「イギリスでも差別されるなら、世界に僕の居場所はなくなってしまいます」

丈太郎は唇を嚙んだ。

「居場所なんてもともとないさ」

「……え？」

「居場所は作るものだ。待っていても、誰も用意してくれないぞ」

「……」

「そりゃあ銀のスプーンをくわえて生まれてくる者もいる。でもほとんどの人間は、自分で場所を用意しなきゃならない。能力と努力でね」

「それは……つまりどうすればいいんですか？」

「簡単に聞くなよ。まずは自分の頭で考えてみろ」

丈太郎は空をにらんで必死に考え、一つの答えを思い浮かべた。

「強くなるってことですか？」

「まあ大雑把にはそうだな。君のようなマイノリティは、まずタフであることが必要だ。そして君だけの力があればいい。それで食っていけるようなね」

「僕は通訳です」

「ワオ。そうだった、同業だね。そう、まずは目の前の仕事がきっちりできなくちゃな。……しかし、リチャードにつくのは大変だよ。気難しくてプライドが高い。設計の腕はいいようだがね」

「今のところうまくやれています。確かに厳しい人ですが、筋の通らないことはいわれませんし」

リチャードの下で働いていてわかったことは、彼が誰に対しても公平ということだった。日本人を見下しているようなところはあるが、他に雇われている外国人船員と比べても待遇は平等だった。

丈太郎はそのことが何よりも嬉しかった。ただ能力のみで評価されている。

「そういうところは技術者らしいな。やることは明快ってわけだ。通訳はちゃんとできてるのかい？」

「ええ。英語は得意なので」

何気なく答えた瞬間、アーネストの顔が少し険しくなった。

「英語が得意、か。なるほど、君はまだ通訳の難しさをわかっていないようだね」

「えっ？」

「我々は、言葉一つで国を潰しもするし、人を死なせることもある」

アーネストから年月の重みを感じさせるような威厳が漂ってきた。

「でも……僕だって外国船で四年間働いてきたんです」

「それだと船員同士の会話だけだろう？」

「それはそうですが……」

「言葉が話せればいいというものじゃない。通訳には重大な責任がある。一八六四年に四国艦隊（イギリス、フランス、オランダ、アメリカ）が長州の下関を砲撃したとき、前のイギリス駐日公使のオールコックは攘夷派を軍事力でさらに粉砕しようと考えていたんだ。しかし高杉晋作の通訳をしていた伊藤博文や井上馨《かおる》がなんとかとりなして長州のさらなる被害を抑えてね。彼らがイギリスに留学し、その文化を学んでいなければもっと激しい戦争になっただろう。君の仕事にもそれくらいの重要性があることがわかっているかい？」

丈太郎は混乱した。ただ言葉を訳すだけの仕事が、いきなり国家の大事であるというような言われ方をして思わず身構えてしまう。

「あの、灯台建設の通訳がそこまで重要なのですか？」

「そうだ。リチャードの仕事は間違いなく日本の工業を変える」

「……」

「工業とはすなわち国の持つ力だ。武器を作る力と言い換えればわかりやすい。力のない主張など何の意味もないからね。長州が負けたのは列強国の工業力を理解していなかったからだ。もっとも負けた後は大いに認めたようだが……」

丈太郎は不安になった。知らないうちに、自分はとんでもない立場に置かれてしまったのではないか。

「まあ、がんばりたまえ」

先程までの威厳を手品のように消すと、アーネストはにっこりと笑って手を差し出した。

手のひらは大きく、肉厚である。

丈太郎はいつの間にかびっしょりと手に汗をかいていたことに気づいた。ズボンの横でぬぐい、おそるおそるアーネストの手を握り返す。

アーネストは強いグリップだった。

それは丈太郎がした初めての握手であった。

「そういえば……東京にジョン・マンという男がいる。たしか日本での名は万次郎といったかな。一度会ってみるといい。今は東京の開成学校というところで英語を教えている」

「ジョン・マン？」

「彼は日本の漁師だったんだが、漂流してアメリカの捕鯨船に助けられたんだ。そのあと英語を覚えて日本に帰国し、今や政府や識者の間で引っ張りだこさ。なんせ今までは外国語といえばオランダ語だという者ばかりだったからね」

「それで僕にも大きな仕事が来たということですか」

「そうだ。今や、世界をリードしているのは産業革命を起こしたイギリスであり、まず学ぶべきは英語だ。君の語学力が日本の役に立つよう期待しているぞ」

アーネストはウインクした。

「ところで、あなたは何ヶ国語を話せるんですか」

「そうだなぁ、日本語の他は中国語、ドイツ語、イタリア語、フランス語、ロシア語……ざっと九ヶ国語くらいか」

「！」

丈太郎は言葉を失った。

「君も話せる言葉は多い方がいいぞ」

軽く手を上げると、アーネストは去って行った。左手にはダージリンの缶が握られていた。

（通訳の仕事の難しさか……）

アーネストに圧倒され、ぼうっとした頭で海岸に目をやると、漁師たちが地引き網漁をしていた。

網目には二尺（約六〇センチ）ほどの鰆《さわら》が何本もかかっている。村人が総出で魚を外していた。

ヘンリエッタが、その様子を珍しそうに眺めている。

まっすぐな赤毛の前髪は眉の上で切りそろえられ、風に揺れていた。頭頂には金色に輝く髪飾りがついており、後ろ髪は三つ編みにまとめられ肩の下まで伸びている。

いつも何かを探しているような好奇心いっぱいの目が海を見つめていた。色白の頰にはそばかすの跡がうっすらと残っている。

フリルつきの白いブラウスの上に黒い外套を羽織り、赤と黒のチェック柄のロングスカートにブーツという姿で、網が引かれるのを見つめていた。

声をかけようかと思って歩き出すと、村の子供たちが四、五人、小ずるい笑みを満面に浮かべてヘンリエッタに近づいてきた。

「赤毛やーい！」

「おい、天狗かぁ、おまえ?」

村の子供たちは喜んではやし立てた。

最初、ヘンリエッタはただのあいさつかと思ったようだ。

しかし、少し時間がたつとさすがに気づいた。からかいの調子は洋の東西を問わない。

丈太郎は腹が立った。しかしふと恐れも感じた。

少年の頃のいじめられた記憶が蘇る。相手は年端もいかぬ子供たちだというのに、足を踏み出すことができない。自分が情けなくなった。でもきっと子供だけに、自分の緑の目を見れば容赦なく攻め立ててくるだろう。

立ち尽くしたまま、ヘンリエッタの泣き出してしまう姿を想像し、身を硬くした。

しかし目の前ではまったく逆のことが起こった。

ヘンリエッタは毅然とした態度で、子供たちをにらみ返し、

「ばかっ《フール》!」

と怒鳴った。

子供たちは雷に打たれたように静まりかえった。天使のように美しい姿と、大きな叱責の声とはあまりにも隔《へだ》たりがあった。

ヘンリエッタはゴミでも見つめるような視線で、子供たちを平然と見返した。

村の子たちは驚き、やがて憤慨した。弱いと思っていたものが急に反撃してきたので

ある。

着物の袖を鼻水でテカテカにした汚い子供たちは、浜辺の黒砂で泥玉を作り、少女にむかって投げつけた。

泥の一つはヘンリエッタの胸に命中し、真っ白なブラウスを汚した。

彼女は慌てず、威厳を保ったままポケットのハンカチを出し、服をぬぐったが、拭いても拭いても白いブラウスに汚れが広がるだけだった。

ヘンリエッタが冷静だったのはそこまでだった。

その服は、彼女が英国から持ってきた大切なブラウスだと丈太郎は知っている。

一瞬の悲しみのあと、ヘンリエッタは足元の泥を大きく手ですくい、子供らへ力いっぱい投げ返した。

子供たちはさらなる反撃に驚いたが、負けじと泥を投げた。お互い泥まみれの乱戦になる。しかし、ヘンリエッタの金の髪飾りに泥がついたところで、子供たちはさすがに気がとがめたのか、一瞬、勢いを失った。

「ばーか、ばーか！　お化け！」

口々に囃《はや》し立てる。

それを聞いて丈太郎は発作的に走り出した。

「やめろ！」

丈太郎の走ってきた勢いを見て、子供たちは慌てて逃げて行った。

ヘンリエッタは子供たちの背中に向かって叫んだ。

「餓鬼！　猿！　死んじゃえ！」

丈太郎はあまりの口汚さに驚いたが同時に感心しもした。

少年のとき、自分もこんな風に言い返せばよかったのか。

気づくとヘンリエッタは、泥のついた髪飾りを外して見つめていた。

目に涙を溜めている。

美しい色白な顔にも泥が跳ねていた。

「大丈夫？」

丈太郎が慰めようとすると、ヘンリエッタはいきなり丈太郎を見て笑った。

「大丈夫よ、こんなの！」

目は少し赤くなっているが強い笑顔だった。

丈太郎は拭くものはないかとポケットを探る。

そのとき後ろから小さな声がした。

「あの……」

振り向くと、紺絣《こんがすり》の着物をきた女の子がおずおずと歩み寄ってきた。

年の頃はヘンリエッタよりやや下で十歳くらいか。短い髪の所々が跳ねており、丸顔で頬が赤い。着物にはつぎがあたっていて草履も鼻緒が切れそうである。近くの村の娘だろう。

少女は震える手で、洗いざらしの手ぬぐいを差し出した。

「ど……ぅ……ぞ」

浜風の音で聞こえないが、小さな声で何かいっている。

「なに？」

ヘンリエッタがいぶかしげに聞いた。

少女は必死に自分の頬を指差した。

「拭けってことじゃない？」

丈太郎がいうと、ヘンリエッタはぶきっちょに右頬を触った。指先に泥がつく。

少女が恥ずかしそうに頷いた。

ヘンリエッタは少女の手ぬぐいを受け取ると、頬を拭いた。

「ありがとう」

手ぬぐいを返して、ヘンリエッタは笑った。

丈太郎が通訳してやる。

少女はおずおずと二人を交互に見た。

「あなたのおかげで、悲しい気持ちは空へ飛んで行ったわ。私、ヘンリエッタよ」

「へんり……えった？」

少女がたどたどしく繰り返した。

「そう。あなたは？」

少女はえくぼを作って微笑みながらも首をかしげている。

丈太郎は助け船を出した。

「おじょうちゃんの名前はなにって聞いてるんだよ」

少女はうんうんと頷いた。

「わたしは、カヨ」

「カヨ？」

ヘンリエッタがやや巻き舌で聞き返す。

カヨは顔を赤らめて頷き、手ぬぐいを受け取ると、急ぎ足で走り去った。

「あれっ？　ジョー、なんであの子は逃げて行ったの？」

ヘンリエッタは首をかしげた。

「多分、恥ずかしくなったんじゃないかな」

丈太郎は笑った。

「まあ。ずいぶんとシャイなのね」

「日本にはそういう人が多いよ」

「ふうん」

ヘンリエッタは残念そうだった。リチャードの仕事はなかなか一ヶ所で定まらないため、彼女には年の近い友達がいない。両親が行く外国人同士のパーティーにもまだ連れて行ってもらったことがなく、人恋しいのかもしれない。

「ジョーもそうなの？」

「えっ？　何が？」

「シャイよね。あんまり私と目を合わせないし」

人と話すときには目をそらすのが癖になってしまっている。

しかしヘンリエッタをまともに見られないのは目の色のせいだけだろうか？

海風が吹き、ヘンリエッタのまっすぐな前髪を揺らす。

「早く帰ろう。風邪をひくよ」

丈太郎にいわれて、ヘンリエッタは泥水で透けそうになった自分の姿を見た。

「あっ！」

声を上げて恥ずかしそうに胸を押さえた。

丈太郎は背を向けて歩き出した。

後ろからは砂を踏む小さな足音がさくさくと聞こえてきた。

4　リチャード

「疲れたわ、リチャード」

夕刻、リチャードがリビングに行くと、エリーザが青い顔で額に腕を当て長椅子に横になっていた。

栗色の髪が椅子から流れ落ち、先端が床についている。声もかすれていた。

「移動ばかりね」

肌に疲れが浮き出ている。荒れる海の航海がこたえたのだろうか。それとも見知らぬ異国の地を旅することに倦《う》んだか。スコットランドで教師の娘として育ったエリーザは気性は良いが短慮なところもあった。

「仕方がない。設置現場を実際に見てみないと問題点がわからないからな。慎重に設計しないとだめなんだ」

リチャードの脳裏には、これからやるべきことが山のように浮かんでいた。灯台だけではなく、河口の測量や鉄道建設、道路の舗装など、技術的な意見を聞かれたり、実際に携わることも多い。

「スコットランドに帰りたいわ」

エリーザはため息をついた。

「だから来るなといったろう」

「でも、あなたはついて来て欲しそうだったわ」

「……」

「家族は支え合うものでしょ？　それにヘンリエッタには父親を見て育って欲しいの」

「だったら仕方がないだろう」

リチャードは少しイライラしながらいった。

「横浜に落ち着いて、指示だけ出すわけにはいかないの？」

「技術者は自分の目で見て仕事するものなんだ！」

エリーザが息を飲んだ。

また怒鳴ってしまった、とリチャードは後悔した。

日本に来てからというもの、妻とケンカが絶えない。エリーザは結婚した当時はもっと穏やかだった。慌ただしい生活が妻の性格を変えてしまったのか。ならば自分のせいだ。

「あの仕事、辞めなければ良かったのに」

エリーザがまたため息をついた。

「それは何回も話しただろう？　あそこは俺にちゃんとした仕事をさせなかったんだ」

リチャードは渋い顔をした。

「こんなクソのようなところ、辞めてやる！」と啖呵を切ってイギリス国内の大手の鉄道建設会社を退職したのは一年前のことだった。

辞意を告げたその日は気持ちよく酔っ払い、うっぷんが晴れたものの、翌朝起きたときには早くも生活の重みを感じていた。もはや月ごとの報酬は入ってこない。仕事を辞めるということは、満足に飯を食えなくなるということだ。

それはわかっているつもりだったし、いいたいことをいってすっきりもしていたが、妻と娘に何と説明してよいかわからなかった。手に職をつけ、ようやく就職できた大きな会社だった。

だが、そこで働き続けるのはプライドが許さなかった。

彼が一番怒りを覚えたのは社内での差別だった。ある者は上流階級というだけで、たとえ技能が劣っていても、重要な仕事の設計を優先的に任された。

しかも、その男はリチャードに対してすこぶる威張り、きつく当たった。

そしてリチャードの主な仕事は、彼の仕事の補修や設計ミスの後始末だった。自分が最初から任されていたら起こらなかったであろうミスを、わざわざ手間をかけて修正することほど腹立たしいことはなかった。

「最初に自分が設計を下書きする」といったら、上司は「俺の腕を甘く見ているのか」と怒り、リチャードに対する勤務評価を下げた。なぜ上層部はこんな無能な男をクビにしないのか。

リチャードは労働者階級に生まれ、富める生活を勝ち取るために苦学し、必死に這い上がろうとしてきた。上流階級の学生がゴルフやポロで遊んでいる頃、図書室で専門書や技術書をむさぼり読んだ。その努力を認められ、ようやく大きな会社に採用された。しかしそこにも階級による差別があった。

金があれば。

リチャードは痛切に思った。

金さえあれば自分の事務所を持てる。出身階級など関係なく、最初から工事を請け負って、思いのままに建築できる――。

そんな気持ちを抱えていたときに、小耳に挟んだのが海外開発の仕事だった。日本は「未開の民族がいる危険な極東の土地」との話だったが、報酬は破格であった。

現在、お雇い外国人である彼の月給は四五〇円である。日本人の巡査の給与が月あたり一〇円程度であったから、いかに報酬が大きいかがわかる。彼が金を貯め、イギリスに帰って起業するには十分な資金になるはずであった。

エリーザは報酬が下がっても、家族が食べていければいいと反対した。スコットランドには友人も多かったし、ヘンリエッタの学校のことも心配だと主張した。

だがリチャードは自分の力を思う存分ふるえぬまま腐っていくのは耐えられなかった。大きな仕事がしたい。上司の尻拭いだけでキャリアを終えたくなかった。

妻の止めるのを振り切ってリチャードは日本行きを決意した。貯めるだけ貯めてイギリスで返り咲き、見返してやるつもりだった。

しかし、家族にとってはおとなしくイギリスで働く夫や父であった方がよかったのかもしれない。


「……やりがいが欲しかったんだ」

リチャードは言い訳するようにつぶやいた。

「それが日本の仕事というわけ？」

「ここにいれば金は貯まる。もう少しの辛抱だ」

エリーザはため息をつくとこれで休戦という風にリチャードの首に手を回した。

「家にいるとき、私には話し相手がヘンリエッタしかいないのよ」

「ジョーもいるじゃないか。日本語でも教えてもらったらどうだ？」

「そうね。あなたよりよっぽど頼りになるかもね」

エリーザが皮肉に笑った。

翌朝、リチャードは早く起きて、ジョーとともに伊王島にある灯台建設基地に向かった。胸を清めるような冷たい空気が心地よい。

居留地から長崎港へ行き、そこから出ている渡し船に乗って南西方向に一〇キロメートルほど行くと伊王島の港に着く。

島は周囲が約七キロメートルで、東南に沖ノ島と隣接している。そこに暮らす人々は少なく、ほとんどが漁民である。

港から建設基地まで続くゆるやかな登り坂を、落ち葉を踏んで歩いた。

ジョーが設計図の入った大きなトランクを持ち、後ろをついてくる。

途中、大きな岩が点在する島の入り江をのぞくと、三〇センチほどはある鯵《あじ》の群れが泳ぎ回っているのが見えた。

リチャードが歩き始めても、彼は熱心にのぞき込んでいる。

「ジョー、何をしている？」

「こんなに大きな鯵が群れているのは珍しくて……。今行きます」

ジョーは小走りに駆けてきた。まだ子供のような所もある、と思ってリチャードは我知らず笑みを浮かべた。

歩きながら島の北東をのぞむと長崎の街並みが見える。南の方を振り返ると、三キロほど沖に高島があった。高島には日本初の西洋式炭鉱が建設され、そこを開発しているグラバーの別邸の屋根も見える。高島のさらに先には、後に軍艦島と呼ばれる端島《はしま》がある。

やがて二人は建設基地に着いた。

島の北西の端に設けられた基地は高台にあり、灯台建設予定地に隣接している。基地は資材置き場を兼ねた大きな平屋であり、そのすぐそばには旧式の灯台も立っている。

これは日本人が独自の工夫で建てた鉄塔であり、頑丈にできていたが、ランプ自体はお粗末なものであった。反射鏡やレンズなど、光を遠くまで届かせる仕組みは何もない。

「やはりだめだな、これは」

リチャードは旧式灯台を見て肩をすくめた。

「サー・リチャード、何がだめなのですか？」

ジョーが鉄塔を見上げながらたずねた。

「あのランプでは必要な距離まで光が届かないんだ。これまで日本には反射鏡やレンズを用い、光を強くして照射する技術がなかったからな。それにあの照明部分を見てみろ。

なぜランプが紙で覆ってあるんだ」

「あれは……どうやら障子紙のようですね」

「あんなことをすれば明るさは落ちるに決まっている」

リチャードはため息をついた。

先日、灯明台掛《がかり》の日本の役人に聞いたところによると、「西洋式ランプのすりガラスの真似をした」との返答だった。彼らはそれが明るさを増す仕組みだと信じて疑わなかったらしい。

リチャードは呆れるしかなかった。見よう見まねでやると、ときにとんでもない勘違いをしてしまうこともある。

「ではこの灯台はもう使わないと？」

「そうだ。こんなものは役に立たん」

「明るさが足りないからですね」

「それもあるが、高さも不十分なんだ。灯台が遠洋上から見えるためには、できるだけ高い方がいい。地球は丸いからな。しかし、この灯台の高さでは安全な航行に必要な距離まで光が届かない」

ジョーは何か考え込んだ様子であいまいに頷いた。科学や地学についての知識が追いついていないらしい。

リチャードは旧式灯台の構造をあらためて確認し、やはり最新技術を用いた新しい物を作らねばならないと思った。

基地に入るとリチャードはちゃぶ台の前にあぐらを組んで座り、集中して設計図に書き込みをはじめた。

ジョーは隣の部屋で熱心に辞書を読んでいる。最近、勉強する時間が増えたようだ。

リチャードのすぐ横の七輪には火が入れられている。

日本の家屋の暖房設備というと、火鉢のほかには床を掘った炬燵しかないが、ここに炬燵の用意はなかった。新たに作る退息所には暖炉を作ることにしている。

「ジョー、紅茶をくれ！」

設計図から目をそらさず声をかけた。寒さが厳しく、熱い紅茶を飲まないとやる気が出ない。

「ジョー、まだか？」

叫んだとき、ジーッという不思議な音がした。音はだんだんとこちらに近づいてくる。

何気なくそちらを見ると、そこにはおそろしく小さな人間がいた。

手には小さな盆を持ち、ティーカップが乗っている。

「うわっ」

リチャードは声を上げてよろめいたが、よくよく見るとそれは人形だった。人間と見まがうほど精巧な作りである。

目の前で止まった人形の盆からおそるおそるカップを取り上げると、なんとそれはまた動き出した。Uターンをして、引き返していく。

「なんなのだ、これは！」

啞然としているところに、アーネスト・サトウがにやにやしながら入ってきた。

「どうだ、おどろいたか？」

いたずらっぽい笑みを浮かべている。

「おい、アーネスト、これは……」

「日本製の自動人形《オートマタ》、〈からくり人形〉さ。製作者を紹介するよ」

アーネストが入り口で手招きすると、腰の曲がった老人が入ってきた。大柄で、丈の合わぬ短い着物を着て脛が半分ほどむき出しになっており、左右の草履の鼻緒の色が違っている。

（何者だ？）

リチャードは眉を寄せた。

「彼は田中久重《ひさしげ》、日本の技術者だ」

面長で彫りの深い顔の田中は、顎下に豊かな白髭をたくわえていた。眼にはどこか楽しげな光が宿っている。

目が合うと、リチャードに向かって素早い動きでお辞儀をした。どこかせわしない感じだ。

戸惑いつつも会釈を返し、通訳を頼もうとジョーの方を見ると、その前にたどたどしい英語が聞こえた。

「はじめまして、田中です」

「なに？　こいつは英語がしゃべれるのか」

リチャードはアーネストを見た。

「オランダ語なら完璧だぞ。英語でも日常会話なら問題ない」

「珍しいな」

視線を戻すと、久重は、先ほどリチャードが書いたばかりの設計図をつかみあげていた。

「おい、貴様！」

思わず声を上げた。

「ほうほう、これが洋式灯台の設計図ですな」

久重はリチャードの叱責を無視して灯台の設計図をじっと見つめている。

「まあそうだが……」

リチャードは二の句が継げなかった。日本人は礼儀にこだわるはずだが、こんなに傍若無人な態度は珍しい。

「アーネスト、なぜこんな変人……いや、客人を連れてきたんだ？」

「佐賀藩の前の藩主、鍋島直正がどうしても彼に最新技術を見せたいというんでね」

「ふむ。藩主というと、地方のサムライの長か」

「そうだ。断りきれなくて」

アーネストは椅子に腰掛け、長い足を組んだ。

鍋島直正はその優秀な経済政策から「そろばん大名」とも呼ばれ、いち早くオランダから牛痘ワクチンを輸入して日本の天然痘の根絶を押し進めるなど開明的な人物である。工業においても独自に西洋の軍事技術の導入をはかり、藩内に精錬方を設置して、洋式の大砲を鋳造するため反射炉を採用し科学技術の向上に努めた。その結果、アームストロング砲や洋式銃の自藩製造に成功し、日本初の本格的な蒸気船も完成させている。この精錬方で技術者として活躍したのが田中久重だった。

幕末の激動の時代に、佐賀藩は立場を鮮明にせず、幕府と薩長の両陣営から警戒されたが、薩長側が優位となってからは官軍に付き、戊辰戦争においては上野彰義隊との戦いから五稜郭にまで参戦して最新式の兵器で幕府軍を追いつめた。そのおかげで佐賀藩は遅参しながらも、新政府において、ある程度の地位を得ることができたのである。

「まあ、そばでいろいろ教えてやってくれないか、リチャード。彼はもう七十になるご老体だが、長年佐賀の精錬方を支えてきた人だ」

「しかし我が国の最新技術を、こんな老人がはたしてどこまで理解できるのかね……」

リチャードがつぶやいたとき、灯台の設計図をルーペで拡大してのぞきこんでいた久重が、図面の一部を指さしてたずねた。

「これが反射鏡ですか」

「ほう。知ってるのか？」

リチャードは久重が灯台の専門用語を知っていたので驚いた。

「灯火の光を反射させ、それを一方向に束ねるカラクリでしょう。一度、オランダの書物で見たことがあります」

久重の老顔がかすかに紅潮してきている。高齢ながらエネルギーにあふれていた。

「しかしなるほど……。これは凄い仕組みだわい。うーむ」

久重はさらに図面に見入った。

その間、リチャードはからくり人形を持ち上げ、ひっくり返してみた。すると、着物の奥に精巧なゼンマイ仕掛けが見えた。大小の歯車が組み合わさり、細い木のシャフトによってゼンマイの動きが手や顔の動きに伝達されている。

リチャードは立ち上がると人形を抱きかかえ、窓際の明るいところまで持って行った。もう一度、その構造を眺めてみる。

「そうか……、ストッパーか！」

道具箱からルーペを取り出し、リチャードは腰を据えて人形の着物の下をのぞき見た。骨格の下にいくつもの歯車や糸がある。

盆の上のカップを取ると動きが止まる仕掛けは、精密なカムとストッパーにより実現されていた。カップを置いた後、人形がUターンして帰っていく仕組みは、小さなハンドルと車輪の動きをカムが制御することによって実現されている。リチャードは何度も動かしてみてようやくわかった。こんな緻密なシステムは見たことがない。見れば見るほど精巧にできている。

衣裳の装飾にも工夫が凝らされ、何よりその顔つきがユーモラスであった。機械であると同時に、芸術の要素も感じられる。

リチャードと久重は、喰い入るようにお互いの製作物に見入っていた。

「おい、二人とも。なんかしゃべれよ」

アーネストがやや苛立ちを見せていった。懐中時計を見てみると、久重が来てからすでに三〇分が過ぎている。

リチャードと久重はお互い目を合わせ、どちらともなくうなずき合った。

「アーネスト。すまないが帰ってくれ」

「なんだと！」

アーネストが目をむいた。

「君がいると仕事の邪魔だ」

「いや、だから僕は佐賀の殿さまに頼まれてだね……」

「伝言があったら、そこの紙に書いておいてくれればいい」

リチャードはふたたび人形に見入った。糸と竹のバネでこれほどの動きを操るとは、どこか狂気にも似た情熱を感じた。

「伝言って……。目の前にいるだろ！」

リチャードはもはや返事をしなかった。

「自分勝手な奴め！」

アーネストは帽子をかぶり直すと肩をすくめて部屋を出た。


「ジョー、ステッキを頼む」

アーネストが玄関でジョーを呼んだが、返事がなかった。

小部屋を覗くと、彼は熱心に辞書のページを繰っている。

「君もか、ジョー……」

「えっ？　あ、サー・アーネスト！」

ジョーは慌てて立ち上がった。

「ステッキですよね」

「うん。二人のことは頼んだよ」

「さっきから何か難しい話をしていますが、僕の通訳で大丈夫でしょうか？」

「ああ。変人同士で意外に気が合うみたいだしな。二人だけでも通じるだろう」

アーネストはウインクした。

リチャードが一通りからくり人形の構造を理解し終えたのは、さらに三〇分後であった。

「これを日本人の知恵だけで創り出したのか……」

いつの間にか部屋の隅で待機していたジョーも、からくり人形に見入っている。

「ジョー。こういう人形は日本によくあるのか？」

「神社の出し物で一度、似たような人形を見たことがありますが、これほど見事なものは初めてです」

「ふうむ」

リチャードは久重を見つめた。

「おいタナカ。これは君の創作なのか？」

「これには手本があります。もっともかなり改造を加えていますがな」

「どういうことだ？」

「日本にはからくり人形を作るための技術書があるのですよ。〈機巧図彙《からくりずい》〉といいましてのう」

久重が話し出した。

彼の生まれ故郷である久留米では、祭りの興行で、からくり仕掛けが大いに持てはやされていた。久重もかつて五穀神社で人形の見世物を何度もやったという。

「しかし興行では他のからくり師よりも面白いものを作らねば儲かりませぬ。そのため私は独自の工夫をいろいろとくわえたのです」

久重は小皿で水を熱して蒸気とし、その圧力で仕掛けを動かす〈水あげからくり人形〉で観客たちの度肝を抜いた。そして後に見事な茶運人形《ちやはこび》を完成させて「からくり儀右衛門《ぎえもん》」とも呼ばれ、名声を不動のものとしたのである。

「そのときより私は動力をきわめようと思いました。水力、風力、そして蒸気の力……」

「なるほど、君は動くものが好きなのだな？」

「さよう。蒸気船も設計しました」

その名は凌風丸《りょうふうまる》といい、幕末に佐賀藩が建造した実用蒸気船である。オランダの蒸気軍艦「電流丸」を元に、久重はじめ、精錬方の者たちだけで造り上げたものだ。

「ほう、一度見てみたいものだ」

久重はリチャードを無視して再び図面にかじりついた。

「それよりこちらの灯台ですが……これは反射鏡と違いレンズによって光が束ねられる仕組みということですか？」

「そうだ。光が重なって明るさが増し、遠くの距離まで届く」

それは通常のレンズを必要な部分だけ残して削りこみ、厚みを減らしたフレネルレンズというもので、光を収束させるタイプの灯台だった。

さすがに光学のことはわからないだろうと思ったが、アーネストの願いもあるし、無《む》碍《げ》にはできない。灯台の技術をできるだけ教えてやろうと思った。お雇い外国人は日本人に技術を伝えるのも仕事の一つである。

「つまり……光は水と同じようなものと考えてよろしいのでしょうか？」

久重が突飛なことを聞いてきた。

「どういうことだ？」

「水は流れが重なって波になります。また、障害物にあたったときは、その後ろに回り込むように流れます」

「……確かにな」

久重のいうのを聞いてリチャードは学生時代に習ったホイヘンスの原理を思い出した。つまり光の波動性のことである。設計図中に描かれた、フレネルレンズを通る光線のイラストだけでそれに思い当たるとは、科学に対する異常な勘の良さだ。

（この男の頭の中はどうなっているのだろう？）

だがリチャードが驚くのも無理はない。彼は後に「東洋のエジソン」とも呼ばれ、東京に電信機関係の製作所・田中製造所を設立し、現在の東芝の基礎を作った発明家兼技術者である。

少年時代の久重は、寺子屋では一番の成績だったが、その後、正式な学問所で勉強したわけでもなかった。

変わり者で、寺子屋を無断で抜け出してはずっと水車の動きを眺めたり、部屋にこもって一日中、周りの人間にはわけのわからないものを作っていた。家の手伝いもしない。その奇行に母は弱りきり、父も家業のべっこう細工の店を継がせるのをあきらめたほどの穀潰《ごくつぶ》しであった。

しかし彼の人生は久留米絣《がすり》の着物の織機《おりき》を作ったときから変わることになる。

織物は、基本的に経糸《たて》と緯糸《よこ》の組み合わせであり、一本の糸でそこに模様を描き出すことは難しい。

しかし幼なじみの娘から、からくりの腕を見込まれて織機の開発を依頼された十五歳の久重は、まず版木に絵を描き、その上に糸を巻き付けることで彩色した。その糸をいったんほどいて緯糸（横糸）として着物を織り上げ、見事に絵柄を再現したのである。

これは久留米の名物となり、爆発的に売れた。

そのとき久重は自分の行く道を知った。

彼が織機の前に座ったとき、不思議とその仕組みが頭に浮かんだという。見るだけで機械の構造と改善点がわかってしまうのだ。いわば理論の積み重ねではなく、科学的な直感力を持っていたといえよう。

そんな久重の経歴を知らぬリチャードは驚愕すら覚えていた。英国の技術者たちの中でもこれほどの異才を見たことがない。

久重は設計図を裏返して光に透かして見つついった。

「この灯台の構造は面白い……。光の向きが固定されているものと回転するものがあるのですな」

回転式の灯台は、ランプの周りを反射鏡やレンズが機械仕掛けで回転し、三六〇度全ての方向に光を届かせる仕組みになっている。

「ああ。光によって灯台の方向を視認するだけならば不動灯でいいが、他の灯台と識別するためには回転灯が必要なんだ」

「なるほど、周期を変えるわけですな」

（この男、天才か？）

リチャードは久重の直感力に舌を巻いた。

「そうだ。それぞれの灯台によって明暗のタイミングを変えることにより、どこの灯台かを識別できる」

「面白い……」

久重の目がきらめいていた。

「もっとじっくり見てもよろしいですかな？」

久重は図面を見つめ、ぼりぼりと耳の上をかいた。白髪が逆立って跳ね、寝癖のようになる。

リチャードは灯台設置に関する嘆願書類を東京に送らねばならなかったことをふと思い出した。

「好きなように見てくれてかまわない。私はこれで帰る。見終わったら図面を戸棚に仕舞っておいてくれ」

「ありがとうございます」

重久は図面に見入ったまま礼をいった。リチャードは存分に見せてやることにした。

「帰り方はわかるか？」

「大丈夫です。このあたりは私の庭のようなものでしてな」

「そうか。では」

リチャードは腰を上げた。

久重はもう挨拶もせず、子供のように、設計図にむしゃぶりついている。いつのまにか鼻歌のようなものまで低く口ずさんでいた。

「なんてやつだ」

リチャードは肩をすくめ、基地を後にした。

5　丈太郎

午後、リチャードと屋敷に帰って丈太郎は手持ち無沙汰になり、海岸へと向かった。ひそかな憂鬱に襲われていた。

午前中のリチャードと久重の会話が、科学の話になるとさっぱりわからなかったからである。

船乗りの間での通訳なら、日常会話のやりとりだけでよかったが、技術者同士の会話を理解するためには、専門書を読む必要がある。しかし、彼は英語の読み書きがあまり得意ではなかった。ボキャブラリーがあまりにも貧困で、本一冊まともに読むことができない。

丈太郎は流木に座り、辞書のページをめくった。

白い砂浜には、幾重もの穏やかな波が打ち寄せている。

（通訳は難しい）

丈太郎は痛切に思った。

久重が英語を話せたから良かったようなものの、英語が達者でない日本の技術者とリチャードが話すときが来たら、自分は十分に通訳できるだろうか。

通訳一つで国の命運が変わる——アーネスト・サトウの言葉が思い出された。

今まで自分という存在に重要性を感じることはなかったが、いきなり日英の技術交流の檜《ひのき》舞台に上げられてしまった。

イギリスに行きたい丈太郎にとって、英語は自分を日本から解き放つ武器であったが、まだまだ能力が足りなかった。「言葉が話せればいいというものではない」とアーネストがいった通りである。

意思を疎通させるためには、双方の思想や知識も把握しておかねばならないということか。

目の前に大きな壁が現れたような気がした。

彼にも、リチャードと久重のやりとりが日本の工業の将来に関わるということがうすうすわかる。

海外の最新工業技術が、今まさに日本に伝授されようとしており、それがうまくいくかどうかは、自分の力量にも少なからずかかっている。

(失敗したらどうなる?)

日本から逃れたいとは思っているが、母国の根幹に関わる事業が自分のせいでうまくいかないとすればやりきれない。

はたして自分の通訳の力で、十分に両者の関係をとりもてるだろうか。

再び辞書をめくった。特に灯台に関連するだろうと思われるレンズや光のことについて調べてみる。すると、今日聞いた言葉のいくつかが出て来た。

「液体か……。いや違うな。水か？」

わからない。

自分がひどく無力であると感じて思わず唸ったとき、

「また勉強してるの？」

という声がすぐそばで聞こえた。

思わず声を上げて辞書を落とすと、ヘンリエッタが笑い転げていた。

「びっくりするじゃないか……」

「ワッ！　だって！」

丈太郎が驚いている真似をしたヘンリエッタの笑いが止まらなかった。少しむっとしたが、彼女のあどけない顔を見ると、怒りは徐々に消え、なんとなく自分も笑ってしまった。

「はい、これ」

ヘンリエッタは本を拾い、丈太郎に差し出した。

「どうも」

手を伸ばすと、彼女は手を引っ込めた。

「いい加減にしろよ」

「ねえ、これ古くない？」

ヘンリエッタは辞書を見ていった。

「えっ？」

「紙が色褪せてる……」

ヘンリエッタは辞書をパラパラとめくった。

それは外国船の船員から二年前に譲ってもらった辞書である。

丈太郎はヘンリエッタの手から辞書を奪い返した。

「これはいい辞書なんだ」

「あ……、怒った？」

「そういうわけじゃないけど……」

「悪い意味でいったんじゃないの。パパにいえば新しい辞書を買ってもらえるかもしれないと思って」

ヘンリエッタは言い訳するように早口になった。

「別にいいよ」

なにか施しを受けているようで、ぶっきらぼうに答えた。しかし、それは貧しさのひがみか。

「でも気持ちは嬉しいよ。これはまだ使えるし、もったいないと思ってね」

「そう。でもね、教育に金を惜しむものは負ける……パパの言葉よ」

「へえ、そうなのか」

丈太郎は意外な気がした。どちらかというと天才肌かと思っていたのである。

「パパはね、子供の頃からすごく勉強したんだって。家庭教師もつけてもらってね」

「ふうん……」

誰であれ、育ちがしっかりしているのはうらやましかった。物心つく頃には父は国に帰ってしまったし、母はいつも自分を邪魔にした。緑色の目をかかえ、一人で生きなければならなかった。

「ねえ、私が教えてあげようか？」

「君が？　何を？」

「英語よ。私、文学の成績はよかったの。一人で勉強するより、二人でやった方が身につくんじゃない？」

「なんでそんなに優しくしてくれるんだい？」

丈太郎は彼女を見つめた。

「べつに。ただ、ジョーが困ってるみたいだったから」

ヘンリエッタは少し恥ずかしそうに目をそらした。

そんな風に異性に優しくしてもらったのはこれが初めてで、胸が高鳴った。

丈太郎は恋を知らない。

子供の頃から仕事を得るために走り回り、それどころではなかった。

日本の女性たちは珍妙な獣を見るような目で丈太郎を見た。騙されたり、からかわれたこともある。

それ以来、ひそかな恐れもあり女性には近づかないようにしていた。

しかしヘンリエッタが村の子供たちに一歩も引かなかった勇敢な姿を思い出した。きっと彼女には企みなど何もないだろう。

「そうか。じゃあお言葉に甘えて……」

「決まり！」

ヘンリエッタの目が輝いた。薄いブルーの目だ。透き通った瞳は珊瑚礁の海にも似ていた。

「じゃあ行こっ」

丈太郎の手を取った。

「お、おい、ヘンリエッタ？」

「勉強するの？　しないの？」

まるで丈太郎の母になったような口ぶりだった。

「はは、生意気だな、君は」

丈太郎は手を引かれるまま立ち上がり歩き出した。

ヘンリエッタの背中で三つ編みが元気そうに揺れている。


ヘンリエッタの部屋は一階の角にあった。

二人で廊下を歩く。

「ママ、これからジョーに英語を教えるの。途中でクッキーを持ってきてね」

ヘンリエッタが居間に声をかけた。

「あら、ジョーは英語をしゃべれるじゃないの」

エリーザがソファーにもたれたまま首だけこちらに向けて返事をした。

「読み書きはまだまだなの。だから私が先生よ」

「大丈夫なの、ジョー？　ヘンリエッタが先生なんて」

エリーザが半ば笑いながらいった。

「よく教わりますよ、ミセス」

丈太郎は少し照れながら微笑み返して、ヘンリエッタの部屋に入った。

部屋は六畳間にトルコ風のカーペットが敷かれ、きれいに整理されていた。壁には細かなフリルのついたオレンジ色のワンピースがハンガーに掛けられている。窓からは長崎の海岸がすぐ近くに見えた。

文机の上には本や教科書、辞書、落書き帳などがあり、壁際にはドレスを着たフランス人形が座っていた。ちょっと前に見た田中久重の人形とはまた違ったかわいらしさである。

「さあ座って、ジョー」

ヘンリエッタが椅子に腰掛けた。

「ここでいいかな」

丈太郎が床の座布団にあぐらをかいた。

「だめよ、そんなじゃ教えられないでしょ。台所にリンゴの木箱があったわ。あれを持ってきて」

丈太郎は木箱を持ってくるとその上に座布団を敷き、文机の前にヘンリエッタと並んで座った。

「じゃあまずは文法からね。単語だけ覚えたってうまく読めないことも結構あるのよ」

「ふうん……」

丈太郎は座り直した。ヘンリエッタは学校でしっかり基礎を勉強しており、いうことがわかりやすかった。またわからない単語であってもヘンリエッタが発音してくれれば、ああ、あのことかと意味がわかるものもある。

　丈太郎は辞書を持ち出し、光やレンズのところの説明を読んでもらった。すると、専門用語がぼんやりとわかってきた。

「すごいな、ヘンリエッタは……」

　冗談ではなく、本気でそういった。

「私、成績は良かったっていったでしょ？」

　ヘンリエッタはまんざらでもないようだった。

「助かるよ。辞書だけじゃさっぱり進まなかったんだ。で、これはどういう意味？」

　丈太郎は辞書のページの端にある「波長」という言葉の説明部分を指でさした。隣に座っているヘンリエッタの肩に丈太郎の腕が触れ、慌てて腕を曲げた。

「波の周期的な長さって書いてあるわね」

「……周期的か」

　ヘンリエッタは丈太郎の気も知らず、辞書に顔を近づけ、丈太郎の腕に覆いかぶさるように細かい字の説明文を見た。

「繰り返す、といったところかしら」

　ヘンリエッタが顔を上げたので、丈太郎はさっと手を引き抜いた。今日の自分はどこかおかしい。

「……繰り返す波と波の間の長さってことかな。ありがとう」

「ジョーはもともと英語がしゃべれるから、理解も早いのね」

「あの……、もっと読んでもらってもいいかな」

「いいわよ」

ヘンリエッタは明るく返事をして、ジョーがたずねる英語の文を次々と読んでくれた。あれもこれもと夢中になって読んでもらっていると、ノックの音がした。

「ジョー、どう調子は?」

ヘンリエッタが開けたドアからエリーザが顔をのぞかせた。手に持ったトレーには焼いたばかりのクッキーの大皿とティーセットが乗っている。

ヘンリエッタは大喜びした。

「こんなにクッキーが食べられるなら、毎日先生になってもいいわ!」

「夕食もちゃんと食べられるように、ほどほどにね」

「私、クッキーならいくらでも食べられるもん」

そういって素早くクッキーを一枚つまんだ。

丈太郎にとってはクッキーよりもヘンリエッタの授業がありがたかった。今日のリチャードと久重の会話を思い出しても、ある程度は意味がわかってくる。

ヘンリエッタがクッキーを食べている間、彼女の教科書を借りてむさぼり読んだ。低年齢向けで文法がかなりわかりやすく書いてある。関係代名詞の正式な使い分けがわかったので、もう一度辞書で確認しようとしたとき、ヘンリエッタが窓の外で起こった異変に気づいた。

「ねえ、あれ……」

ヘンリエッタの指さす方に目をやると、海岸のはずれで一人の女の子が村の子たちにいじめられているのが見えた。

確か先日、手ぬぐいを貸してくれたカヨという娘だった。

「あの子たち、またやってる！」

ヘンリエッタは家を飛び出し、カヨの方へ走って行った。

丈太郎も慌てて後ろからついて行く。

「ほら、どうした、てなしっ子！」

子供たちにはやし立てられ、カヨはうつむき泣いていた。その兄らしき顔立ちの少年が、彼女をかばって必死に抵抗しているが、多勢に無勢で、からかうように棒で打たれている。

ヘンリエッタは、海辺から細くて長い流木を拾い、その集団へと向かった。

てきた。

「やめなさい！」

ヘンリエッタに威厳のある声でいわれ、少年たちは仰天したが、すぐに彼女に向かってきた。

「なんだ、また赤毛女かよ」

「生意気だなぁ、やっちまおうぜ！」

子供達は口々にそういい、棒切れを持って向かってきた。

ジョーも飛び出しかけたが、ヘンリエッタが左手を高く空に向かって上げ、細い流木を右手の先に、一直線に伸ばして構えたのを見て動きを止めた。

（美しい。なんだろう、あの構えは？）

丈太郎が思わず見とれると、その手はまっすぐに伸び、先頭の少年の胸を突いた。

ぎゃっという悲鳴が聞こえる。

「さあ、かかってきなさい卑怯者！」

ヘンリエッタの目が怒りに燃え盛っている。

少年たちはその構えに戸惑いつつも、さらに向かってきたが、ヘンリエッタは鋭い剣技で、次々と相手を倒した。

そしてついにガキ大将らしき大きな子の棒切れを打ち落とし、鼻先に流木をつきつけると、相手は怯えて泣き出した。

「烏《からす》天狗だ！　逃げろ！」

いじめっ子たちがいっせいに逃げ出すのを見て、ヘンリエッタはようやく構えをといた。

「すごいね、ヘンリエッタ」

手を叩いて賞賛した。

「フェンシングよ。サムライも大したことないわね」

おどけていったものの、わずかに肩は震えていた。やはり怖かったのだろう。

「英語だけじゃなくフェンシングも教えてもらおうかな」

「いいわよ。私の特訓は厳しいけど」

ほっとしたのかヘンリエッタはようやく笑顔になった。

カヨと少年が、いじめっ子たちが逃げるのを見て、こちらに歩いてきた。

ヘンリエッタはカヨたちを見てにこっと笑うと、持っていた細い流木を捨てた。

「あの！」

カヨの声がした。

「あの……ヘンリエッタ、ありがとう！　強いのね」

カヨがおずおずといった。

丈太郎が通訳すると、ヘンリエッタの顔に笑みが広がった。

「どういたしまして」

「ありがとう。俺はニキチ。カヨの兄貴だ」

少年は、自分の顔を指さし、にっと笑った。

「……イキチ？」

「ニ・キ・チ」

「ニキチ？」

「そう、ニキチ！　お前は？」

「ヘンリエッタ」

「ヘンリエッタ！」

ヘンリエッタは顔をほころばせた。

「おい、ヘンリエッタ、うちに遊びに来いよ！」

ニキチが人なつっこい笑顔でいった。カヨも期待を込めた目で彼女を見ている。

「遊びに来いって」

丈太郎がいうと、ヘンリエッタは少し戸惑ったものの、ついていくといった。彼女の中では常に、明るい好奇心が燃えているらしい。

「ほんとに？　やった！」

ニキチが飛び上がって喜んだ。

「じゃあ、おっかあに知らせてくる！　カヨ、ちゃんと二人を連れてくるんだぞ！」

いうやいなや、ニキチは飛ぶように駆けていった。

カヨが二人を案内したのは土間と六畳一間の小さな家だった。板葺きの屋根は潮風に晒されて波打っており、家屋は斜めに傾いている。それを支えるため、壁につっかい棒が三本立てられていた。壁に打ちつけられた戸板の釘も抜けかかっている。

中に入ると玄関の脇には修理している途中の底引き網が置かれていた。三和土《たたき》はよく踏まれて黒光りしている。障子はところどころ破れているが、何度も紙をあてて修理されていた。

「ヘンリエッタ、靴を脱いで」

注意すると、足で上がりかけていたヘンリエッタはブーツを脱いだ。足が大きく、すでに日本人女性の大人くらいある。白いニーソックスで畳を歩いた。

すり切れた畳敷きの座敷に上がると、ヘンリエッタは、三本足のこぢんまりしたちゃぶ台の前に足を崩して座った。いつも椅子の生活なので正座はできないらしい。ちゃぶ台の上には新鮮な刺身が盛りつけられた皿があり、鰯《いわし》や鯵《あじ》、蛸《たこ》などが並んでいた。

向かい側には、嬉しそうに笑っているニキチと、ややはにかんでいるカヨ、そして兄妹の母親がいた。

「ヘンリエッタは強いんだぜ。武士みたいなんだ！」

ニキチは興奮した様子で母に力説していた。

「ありがとうね、お嬢ちゃん。ウチの子を助けてくれたんだってね？」

丈太郎がすぐに自分とヘンリエッタの紹介をして、会話の仲立ちをした。

「この前、私がいじめられて泥だらけになったとき、カヨがハンカチを貸してくれたんです。そのお返しです」

ヘンリエッタはぎこちなくお辞儀した。

「そうなの、カヨ？」

「うん。網元の家の源助よ。ひどいの」

「あらあら……。でも本当にありがとう。けどね、いじめるあの子たちもいろいろあるのよ。不漁続きで、今度のイカ漁がうまくいかなかったら、船を売らなきゃならない家がたくさんあるわ。だから大人たちも気が立っていて、それが子供にもうつるのね」

「イカ漁ですか？」

丈太郎が聞いた。

「群れが来てちゃんと獲れればおつりがくるくらいなんだけど……。漁は水ものだからね。でも危険なのよ。夜の漁だから暗礁に乗り上げることがあって」

そう話す顔にふと哀しみが浮かんだ。カヨの父も漁で無理をして遭難したのかもしれない。

主を失った家の中にはそこはかとない寂しさが漂っていた。

ヘンリエッタが胸を張って元気にいった。

「今、パパが今のよりもずっと明るい灯台を建てるために近くに来てるの。もうすぐ試験点灯するから、きっとイカ漁も安全になるわ」

「まあ、ほんと？　群れが来るときに間に合えばいいんだけど」

母親の顔がぱっと明るくなった。

（なるほど、これが、灯台が必要な理由か）

丈太郎は理解した。諸国の船の航海士だけでなく、海に出る者にとっては誰でも灯台が帰港の目印になる。特に、星もない闇夜では灯台の明かりだけが頼りだ。灯台があるからこそ、船乗りたちは安全に家族の元に帰れる。そう考えると、リチャードの通訳の仕事はやはり重要なのだ。

「パパに任せておけば大丈夫よ」

ヘンリエッタが自信たっぷりに頷いた。

確かにリチャードのスケジュールではあと一週間で試験点灯することになっている。順調にいけばイカ漁には間に合うだろう。

自分も灯台設置の一助になると思うと、嬉しくなってきた。カヨやニキチたちのため、人のために役立つことができる。

「ありがとう、ヘンリエッタさん。期待してるわ。さ、お口に合うかどうかわからないけど、おあがりになって。さ、丈太郎さんも」

丈太郎は笑顔で頷き、箸をのばした。

食卓に乗った料理は貧しいけれども、細かく手を入れられ、工夫されている。浦賀で暮らしていた少年時代をふと思い出した。あのときもよく鯵の刺身を食べていた。

「これ、生の魚？」

ヘンリエッタが聞いた。

「刺身よ。こうやって食べるの」

カヨがしょうゆをつけて、それを食べてみせた。

ヘンリエッタは、おそるおそる、同じように刺身を食べてみた。母親と兄妹は、固唾をのんでそれを見守っている。

「おいしい！」

ヘンリエッタが目を大きく見開いた。

「生でちょっと気味が悪いけど、嚙むとジューシーなエキスが口へ広がるわ」

ヘンリエッタはすぐさま次の刺身に箸をつけた。日本に来てまだわずかだが、意外に箸の使い方はうまい。

彼女の反応を見て、カヨたちも大いに喜んだ。

丈太郎もほっとした。カヨとニキチは彼女にとって、初めてできた日本の友達だろう。

その後も、カワハギのあら汁や、鯵の干物を焼いたもの、あさり飯など、心づくしの料理を堪能した。魚のあらゆる部分を無駄にせず、残さず食べている。

「普段はこんなに出ないんだぜ。でも今日は二人もお客さんが来たからご馳走さ」

ニキチが嬉しそうにいった。

「今度、俺も漁に連れて行ってもらうんだ。まだ若いけどおっとうの後を継ぐから早く海に慣れろって網元もいうし。俺が漁に出たら、もっとたくさん二人に食べさせてやるからな」

「楽しみだわ。おいしい魚を期待しているからね」

ヘンリエッタが期待に顔を輝かせた。

日が暮れ、海の上に金星が輝き始める頃、ヘンリエッタと家路についた。

「こうなったらうちにも来てもらうわ」

ヘンリエッタは断固とした口調でいった。

「大丈夫かな？」

　リチャードが簡単に許すかどうか、やや疑問だった。

「大丈夫よ。パパは私の頼みならなんでも聞いてくれるもん」

曇りのない笑顔で丈太郎を見つめてくる。

こんな風に誰かの目を見て話をしたのは久しぶりだった。

　丈太郎は足を止めた。

「あの……、僕はその……、変じゃないのかな？」

「えっ、どういうこと？」

「……この目だよ」

「目？　目がどうしたの？」

「いや……。こういう目は日本じゃ嫌われるんだ」

「どうして？」

「そりゃあ、珍しいからだろうね」

　目をそらした。

「イギリスにはいろんな瞳の色がいるわ。変なの」

「そうか。よかった……」

　丈太郎はほっとした。たとえ多くの人に忌避されても、この目でいいといってくれる人もいる。アーネストはきれいだと褒めてもくれた。捨てたものではないかもしれない。

「でも緑色だとなんで嫌われるのかしら?」

「日本ではみんなほとんど同じ目の色なんだ。黒か焦げ茶が多いね。でも僕は全然違う」

「違ったら何が悪いの?」

「それは……」

考えてみたが、うまく言葉にできなかった。

「悪口をいう人なんか黙らせちゃえばいいのよ。そんな人たちが恐れたり尊敬してしまうくらいの力をつけてね。侮辱されて傷ついてるだけじゃ駄目よ。努力しないと何も変わらない。相手を変えられないのなら、自分が変わるしかないでしょ?」

「力をつける、か……」

「まあ、その意見はパパの受け売りだけどね」

ヘンリエッタは小さく舌を出した。

そういえばアーネストも自分にしかない能力を身につけろといっていた。

「でも、ヨーロッパでも目の色はともかく、肌の色は気にするのよ」

「肌の色?」

「私は気にならないけど、大人たちは気にするみたい」

「そうか……」

丈太郎は外国船で一度だけ黒人を見たことがあるが、確かにいつも一人でいることが多かった。あれも見た目のせいなのか。

丈太郎は、ヘンリエッタの白い肌を見た。日本人にも色白といわれる女がいるが、彼女の肌は比べものにならない。いわば紙のような白さだ。じっと見ていると、何か切ないような気持ちになった。

「日本って素敵だわ」

「どこが？　君にとっては田舎だろう？」

「自分の国のこと、そんな風にいっちゃだめよ」

「どこかいいとこあるかな？」

「あるわよ！　あのね、この国はあまり雨が降らないのよ。晴れの日が多くて楽しいわ。スコットランドは雨ばっかりだし」

いうやいなや、ヘンリエッタは走り出した。砂浜に広い歩幅の足跡が刻まれていく。丈太郎も追った。走るうちに、悩みが頭から消え去っていく気がした。

「見て、これ！」

砂浜から何かを拾った彼女の目が輝いていた。薄桃色の小さな貝であった。

「花びらみたい！」

「ああ。それは桜貝っていうんだ」

「桜？　ほんとそうね。きれい。ねえ、このあたりでも桜は咲くの？」

「咲くよ。ただ花が開くのは三月の終わりかな」

丈太郎は故郷の川沿いに咲く桜並木を思い出した。

しかし彼は桜があまり好きではなかった。家族で幸せそうに花見をしている姿を見ると胸が苦しくなる。

「春になったら見に行こうね」

彼女が無邪気にいった。

「ああ……。わかった」

もしかしたら、と丈太郎は思った。もしかしたら自分も家族を持つことができるのかもしれない。

「約束よ」

ヘンリエッタはウインクしていうと、再び、貝殻を拾い集めに走った。櫛のような形をした貝や巻貝なども砂浜には落ちている。

彼女は巻貝の一つを耳に当て、黙り込んだ。

「何してるんだい？」

「波の音が聞こえるの」

「そんなわけないだろ」

「聞いてみて」

ヘンリエッタが巻貝を丈太郎の耳に当てた。

すると貝からはうねりのような音が聞こえた。

「うわ。ほんとだね」

「聞こえるでしょう?」

顔を寄せたヘンリエッタの赤い髪が頬に触れるのを感じた。

「もう行こうか」

何か恐れのようなものがこみ上げてきて、かすれた声でいった。

「ほんと! ママに怒られるわ」

ヘンリエッタがぎょっとしていった。

もうすっかり日は暮れている。

「走るわよ、ジョー!」

ヘンリエッタが走り出した。彼女がそばから離れると、寂しい気持ちになった。

丈太郎は弾むように駆ける彼女を追って走った。

あれも母と同じ女という生き物だろうか。

恐れを突き破り、心の中に何か強い衝動が突き上げてきていた。

6 リチャード

「魚がすごくおいしいの！ ちょっと見た目は気持ち悪いけど、思い切って食べてみたらすごくジューシーなのよ！」

リチャードが食卓につくと、ヘンリエッタが村であった出来事を興奮気味に話していた。

喜びに目が輝いている。家族を連れてきたことに不安もあったが、このような笑顔になれるなら、よかったのかもしれない。

エリーザも話を聞いていて嬉しかったらしく、

「よかったわね、ヘンリエッタ。もう友達ができたのね。ママも食べてみたいわ、お魚の料理」

「絶対、食べるべきよ。ねえ、ジョー、カヨの家のお食事、おいしかったよね」

「ほんと、ジョー？」

「ええ、僕もあんなに新鮮な魚を食べたのは久しぶりです」

「素敵だわ。もしよかったら、今度そのカヨたちも、うちの食事に招待したらどう?」

エリーザがいった。

「やった! 私もそう思ってたの!」

ヘンリエッタはピョンピョンと部屋の中をジャンプしながら、はしゃいだ。

「サシミは最高よ!」

リチャードは思わずスープを噴き出した。

「サシミ⁉ サシミだって?」

「そうよ。日本の魚料理なの」

ヘンリエッタがリチャードを見てきょとんとしている。

リチャードがスプーンを置いた。

「サシミというのは火を通していない生の魚じゃないか。野蛮だぞ、ヘンリエッタ。そんなものは食べるんじゃない」

「でも、おいしかったのよ……」

ヘンリエッタが抗議するようにいった。

「魚には寄生虫がついているときがあるんだ。パパはスコットランドにいたとき鱒《ます》釣りをしていたからよく知っている」

「でも……。せっかく食べさせてくれたのよ。もう二度と食べないなんていったらカヨが悲しむじゃない」

ヘンリエッタの目が哀しげにうるんだ。

それを見てジョーが遠慮がちに口を開いた。

「サー・リチャード。鯖《さば》などは気をつけないといけませんが、今日食べた魚は安全だと思います……」

「黙れ！　うちの躾《しつけ》に口を出すな」

「すいません……」

ジョーが下を向いた。

「せっかくご馳走してくれたのに。パパのバカ！」

ヘンリエッタは立ち上がると廊下に走り出て、自分の部屋に駆け込んだ。ドアの閉まる音が食卓まで響く。

「ヘンリエッタ……」

「あんなに喜んでいたのに、もっと言い方というものがあるでしょう？」

エリーザがリチャードを睨んだ。

「しかしほんとに危ないんだぞ」

「口をきいてもらえなくなったって知りませんからね」

「お、おい……」

娘があんなに反抗したのは初めてだったのでリチャードは戸惑った。ただ、やはり日本食をそのまま食べることには抵抗がある。ヘンリエッタもいつかわかってくれることだろう。

しかし、トラブルは夜半に起きた。

エリーザの悲鳴を聞き、ヘンリエッタの部屋に駆けつけてみると、娘はベッドの上で海老《えび》のように体を丸め、うめき声を上げていた。

「どうした、ヘンリエッタ！」

「あなた、この子お腹が痛いって」

「大丈夫か？」

ヘンリエッタの額に手を当てたが熱はない。だが、顔色は蒼白となり、額に細かい汗も浮き出している。

「だからいっただろう。生の魚を食べて腹を壊したんだ！　これから医者を呼んでくる！」

リチャードはコートを羽織ると家を飛び出した。

二〇分後、長崎の居留地から引っ張って来た英国人の医者チャールズ・アーノルドがヘンリエッタを診た。

「野蛮な料理なんか食べるからだ！　食べさせた奴らをとっちめてやる」

リチャードはいらいらして、ベッドのまわりを歩き回った。

「パパ……、やめて！」

ヘンリエッタが苦しそうにリチャードを見た。

「いいや、許さんぞ！」

医者はうるさそうにこちらを見ながら、診察を終えた。

「リチャード、……これは石だな」

「石だと？」

「食あたりじゃない。背中の右側に痛みがあるから、腎臓か尿道の結石だろう」

「結石だって？　寄生虫じゃないのか？」

「それなら痛む場所が違う。なあリチャード、この子は普段、脂っこい物ばかり食べているんじゃないか？」

「そうなのか、エリーザ？」

リチャードは毎日の食卓の風景を思い出しながら聞いた。

「海老のフリッターやクッキーは好きですが」

妻は心配そうに答えた。

「そういうものを食べ過ぎるのはよくないぞ。野菜や、魚介類を多めに取るといい。そう、日本式の食事なんかとてもいいね」

チャールズは聴診器を外した。

「そんなバカな……」

リチャードは困惑した。

「本当にサシミのせいじゃないのか？」

「おいおい、リチャード、俺の診察が信じられないっていうのかい？」

「いや、そういうわけじゃないが……」

チャールズは腕が良く、長崎医学校で教鞭もとっている。彼がいうのなら、間違いないだろう。

しかしヘンリエッタは相変わらず腹を押さえ、痛がっている。

「おい、このままで大丈夫なのか。痛がってるじゃないか」

「今は薬の持ち合わせがない。調合して明日持ってくるよ」

「待てよ。今夜はどうなるんだ？」

「この病気はな、痛みはひどいが、死ぬことはない。我慢するしかないな」

「そんな……こんなに苦しんでるのに！」

ヘンリエッタが苦しそうに眉を寄せる姿を見ると、リチャードは気が気ではなかった。

「悪いがなんともならんよ」

チャールズは、そっけなくいって帰ってしまった。

「くそ、やぶ医者め！」

リチャードはいらいらと部屋を歩き回った。

ヘンリエッタは断続的にうめいている。

「あの、だんなさま……」

振り向くと、入り口の近くで様子を見ていた下働きの五平が、心配そうにのぞき込んでいた。

「なんだ！」

思わずどなりつけた。

「この病気なら、わしの親父もかかったんですが、近くに痛みを取ることのできるいい医者がおりますです」

部屋の前にいたジョーがすぐに通訳する。

そんな医者がいるとは、まるで神の手がさしのべられたようだった。

「本当か？」

「へえ、長庵さまというお医者さまですが、腕は確かで……へえ」

日本の医者と聞いて、ふとリチャードは子供の頃に絵本で見たシャーマンを連想したが、こうなったら藁にもすがる思いだった。ヘンリエッタの苦悶をこれ以上、見ているのはつらすぎる。

「その医者を呼んでくれ」

「へい」

五平は急いで駆けだした。

「おお、ヘンリエッタ……。こんなことなら自分が腹を痛めた方がはるかにいい」

自分と同じ色の赤い髪を撫でると、心細い思いで娘の手を握った。

少したって五平が医者をつれて戻ってきた。長庵は痩せこけた初老の男で、むさくるしい格好をし、酔っているようにも見える。

リチャードは眉をしかめたが、長庵はおかまいなしに近寄ってきた。

「この子がそうか」

そういってすぐに触診を始めた。酒臭い息が漏れる。

「ちょっと待て。お前、酔っ払ってるんじゃないのか？」

「当たり前じゃ！　こんな時間になったら、飲んでるに決まっとる！」

長庵が三白眼で振り向いて怒鳴った。その迫力に思わずリチャードは黙った。

常識知らずが、とぶつぶついいながら長庵は再びヘンリエッタを診始める。

（このクソ医者め）

態度の悪さに腹を立てたが、口を引き結んで我慢した。娘のためだ。しわくちゃの長庵の指が、ヘンリエッタの白い肌を這い回るのを見てさらに不快になったが、なんとか耐えた。今のところ娘の痛みを和らげることができるかもしれないのはこの男だけだ。

長庵は指を止め、肝臓と背中の後ろを触って、一人うなずいた。

「五平どん、湯を沸かしてくれ」

「もう、沸いとる。今持ってくるで」

五平が出て行った。

長庵は懐から紙入れを取り出し、その中から長い銀色の針を引き出した。

「おい、何をするつもりだ？」

「いちいちうるさいな。針を打つに決まっておろう」

長庵は平気な顔でリチャードの方を見て答えた。

「針だと？」

リチャードが目をむいて聞き返した時、五平が沸騰している鍋を持って入ってきた。

「だんな様、大丈夫です。わしの親父の時もこれでピタリと治りましたから」

五平が慰めるようにいう。

「うーむ……」

リチャードは腕を組んだ。通訳したジョーも心配そうにヘンリエッタを見つめている。

長庵はヘンリエッタの足の甲に触れると目を閉じ、指で何かを探しているようだった。

そして、ある一点を確かめると、親指で押さえた。

「痛い……」

「そうだろう。この病のツボはここじゃからの」

五平が、鍋を近くに置くと、長庵は針先を浸して消毒し、ヘンリエッタの足をつかんだまま針を構えた。

「おい、悪いのは腹だぞ！」

リチャードは叫んだ。

「黙らっしゃい！」

長庵が怒鳴り返すと、顔面に酒くさい息がたっぷりふりかかってきて咳き込んだ。

「むんっ！」

長庵が鋭い気合を発すると、ヘンリエッタの足の親指の付け根あたりに、銀色に光る長い針が吸い込まれた。

「ああっ！」

「よし……手ごたえあり」

二、三秒ほど針をとどめてから、長庵はそれを引き抜いた。
「いったいこれは何をやってるんだ?」

「あなた、見て!」

リチャードが視線を移すと、ヘンリエッタの顔から苦痛の色が、みるみる消えていった。

「ヘンリエッタ! 良かったわ……」

エリーザが娘の手を握り、神への感謝の祈りをささやいた。

「何だこれは? 魔術か?」

リチャードは度肝を抜かれた。目の前で起こったことが信じられない。イギリスのトップクラスの医者さえどうにもならなかった痛みだ。

(こいつ、本物のシャーマンなのか?)

我が目を疑った。

「お代は回復してからでよろしい。ではこれにて」

長庵は懐に針を納めた紙入れをしまうと、ひょうひょうと部屋を出ていった。

リチャードはとっさに長庵を追いかけた。ジョーもあわてて後ろについてくる。

「おい!」

「まだ用か! わしは早く帰って酒を飲みたいんじゃ!」

長庵はさも迷惑という風に顔をしかめた。

「いや、あの……。ありがとう」

「……」

長庵はじっとリチャードの目を見た。

「少しは人を信じよ。人は皆、一人で生きているわけではないぞ」

長庵はそういうと、襟元を押さえて立ち去った。

翌朝の七時にリチャードが目を覚まして、ヘンリエッタの部屋に行くと、健やかな寝息で娘は眠っていた。顔色もいい。先に起きたらしいエリーザもそばについていて、笑顔を浮かべている。お互いにうなずき合った。

食卓に行くと、ジョーが皿を並べていた。

「どうやら眠れたようだ」

いうとジョーは嬉しそうに笑った。

「よかったです。針が効いたんですね」

「日本には不思議な治療法があるのだな」

「ええ。他にもぐさを使った灸という治療もあります。患部の上に草を盛って、火をつけるのです」

「わけがわからん」

　リチャードは首を振った。しかし、あの医者の針は確かに娘の痛みを取り除いた。素晴らしくよく効く民間療法というところか。

「ジョー。君は今日一日、ヘンリエッタについていてやってくれ」

「えっ、通訳はいいのですか？」

「かまわん。今日は一人で設計をつめるつもりだからな」

「わかりました」

「それに娘は君と話しているとき、よく笑っている。起きたときに君がいればきっと喜ぶだろう」

　昨日娘としたケンカが心に残っていた。許してくれているだろうか。

「あ……、はい。そうならいいんですが」

　ジョーが嬉しそうにいった。

「そのうちチャールズが薬を持ってくるだろうから飲ませてやってくれ」

「はい」

　リチャードは帽子をかぶると館を出た。

　長崎港から渡し船に乗り、南国の海に降りそそぐ朝日を見ながら、リチャードは伊王島の港に着き、建設基地へと足を向けた。

今日は灯台の燃料貯蔵室のところまで設計の改良を進めてしまうつもりだ。

（しかしあの針医者め。生意気なやつだった）

リチャードは思った。だが彼の言葉はなぜか脳裏に残っていた。どこか懐かしい気もする。

しばし考えて気づいた。あの長庵という針医者は、父にどことなく似ていたのだ。父は海兵だが有名な小説家でもあるという変わった経歴の持ち主である。外面は傲慢で人を寄せ付けないが、心の中にどこか自由な空想の翼と繊細な優しさを持っていた。自分にもそんな血は流れているのだろうか。

林の中に入り、落ち葉を踏んで歩くと、神聖な空気に包まれる気がした。家族といるのもいいが、リチャードは一人でいるのも好きだった。本当の自分になれる気がする。早朝の孤独に爽快さを感じつつ、大きくあくびをすると、息は空気に触れて白くなった。

ゆるい登り坂を上がりきると建設基地の黒い屋根が見えてきた。

いずれ退息所として、立派な西洋建築に建て替えてやろう、と再び思いつつ扉を開けると、中から何かを探るような不審な物音がした。

「攘夷のサムライがうろついている」というアーネストの話を思い出してリチャードの

肌は粟立った。しかしイタチかリスが紛れ込んだだけかもしれない。日本家屋の天井裏にはネズミもよく住み着いている。

しかし何か金属が触れあうような音もした。

かまどのわきに立てかけてあった薪を拾って構え、おそるおそる設計室に入っていくと、曲がった背中が見えた。

田中久重だった。

（タナカか……。しかしこんな朝早くから、何をやっている？）

あの変な日本の技術者だとわかり、リチャードはほっとしたが、見ていると彼は机の上に置いた分厚い辞書と首っ引きで何かを書きこんでいる。

リチャードは足音を忍ばせて部屋に入り、久重の書いている図面を覗き込んだ。

（これは！）

息を呑んだ。

田中の書いていた図面は、リチャードの書いた灯台の設計図を完璧に写したものだった。寸分の狂いもなく模写されている。しかも図面には、日本語でびっしりと注釈がついており、細かな文字がうねるようにちりばめられていた。

「ああ、これはリチャードさん」

「タナカ、これは……」

「図面を写させていただきましてな。まだ構造がよくわからぬところもあり申すが……」

髪をくしゃくしゃにした田中は子どものような笑みを浮かべ、嬉しそうにいった。

「これを……一晩で書いたのか？」

「はい」

リチャードは田中の隣に座り、写された設計図を手に取って、もう一度まじまじと見た。

「見事だ」

リチャードはうなった。

彼自身、これを書くのに一週間をかけている。それをわずか一晩でものにするとは。

もちろん、手本が目の前にあるから書けるともいえるが、注釈の書き方を見ると、ただ筆写したのではなく、構造をきちんと理解しているのがわかる。

この男はその仕組みを一目で見抜いたのか？

久重はレンズにより光が屈折する模式図を見つめていった。

「オランダの文献によりますと、光は七つの色に分かれるそうですな」

「ああ、そうだ。波長の違う光は、ガラスで作った多面体《プリズム》によって分けることができる」

久重の英語は完璧というわけではないが、科学用語が出てくればすぐそれとわかり、会話に支障はなかった。

「それに……」とリチャードは続けた。

「七つの光のほかに、見えない光もある。我が国のウィリアム・ハーシェルはプリズムで分けられた赤い光の外側に温度計を置くことにより、暖かさを持つ赤外線という光を見出した。そのすぐ後に、紫外線という光も発見されているが」

「ほう、見えない光、と。ふ、ふふ……」

久重は急に笑い出した。

「どうしたんだ？」

「いや、世界は広いと思いましてな」

「世界が？」

「と申しますか、研究の対象が広いということですわい。全てを学ぶにはまだまだ命が足りぬ……」

久重が心から残念そうにため息をついた。

（こんな才能が日本のような辺境にいては不幸かもしれない）

リチャードは久重を見つめた。イギリスに生まれたら、高名な科学者になったのではないか。

「日本は長く鎖国をしていたからな。そうなると技術も情報もろくに入ってこない。つまったパイプに水は流れん」

「オランダの技術はかろうじて入ってきましたがな。それでも、このような光の性質のことを多くの者が知らなかったのは残念でございますのう」

「そうだな。日本の技術者はよくオランダに通じているが、あの国には今、勢いがない。それもあって日本の工業技術は五〇年ほど世界より遅れていると思う。まあ、そのために私のような者が雇われてきているわけだが……」

「聞いてもよいですかな？」

「なんだ？」

久重は居住まいを正してこちらに向いた。

「リチャードさんはなぜこのような遠国まで来られたのです？」

「それは……世界の国々の暮らしを発展させたかったからだ。大英帝国は地球上のあらゆる国に技術を伝える義務がある……」

それは建前だった。金のために日本に来たなどとはさすがにいえない。

「なるほど、御親切でということで……」

久重はいいように解釈したらしい。というより、疑うことを知らないようだ。騙されたり利用されやすい男かもしれないと、リチャードはふと思った。

「この光の分類ですが……」

久重は素早く灯台技術の話に戻った。

「ああ、七つの光だな」

「いわば縦笛と同じ原理でございましょうかの？」

「なに？」

「つまり笛から音の出る原理ですが、あれは穴を押さえる場所によって、音の波長を変えるといいまする。すなわち、光もそのような波長の相違で分類されている、と」

「そうだ。その理論をどこで読んだ？」

「いえ、なんとなくそのような気がしたのですがの」

久重のどんぐりのような小さな目がまぶしい光をたたえていた。

（やはり直感か！）

リチャードは気付いた。久重の中で今、思考のジャンプとでもいうべきものが起こったのだろう。ある理論を理解する際に、地道に理論を積み上げていくのではなく、いきなり正解にたどり着いてしまう。そこに筋道はなく、正解があるだけだ。優れた科学者はこのようなひらめきの力を持っているという。

リチャードにも直感的把握力のようなものはあった。学校で授業を聞き、その数理を労せず理解してしまう能力である。だが彼は、その先には行けなかった。優れた研究者は数理を理解した上で、さらにその骨子を組み合わせ、もっと複雑な理論を咀嚼《そしゃく》する。また、誰もが当たり前だと思っているものを疑い、新しい理論を構築していくこともする。

久重の一を聞いて十を知る能力は凄かった。ヨーロッパの一流大学の講義を盗み見してきたのかと思うほど、科学の理論を瞬時に把握してしまう。いったい何者なのか。鎖国によって取り残された日本の科学の世界とのギャップを、田中久重が今、一気に埋めようとしていた。

この男なら、最新式のフレネルレンズの仕組みさえすぐに理解してしまうかもしれない。

（こいつめ！）

リチャードはひそかに嫉妬した。

日本人は刀を振り回すしか能のない未開の民族のはずだった。

だがもう七十歳の老人でさえ、これほどの能力を持つとしたら、東京にいる精鋭たちはどれほど素晴らしい頭脳を持っているのか。

もしこの日本という国が力をつければ、列強を脅かすこともあるかもしれない。

そういえば横浜で見た日本式の銃もそうだったと、リチャードは思い出した。

鉄砲は一六世紀に、オランダから日本の種子島に伝来したが、すぐに日本独自の工夫を加えられ、日本式の銃が量産されている。日本刀を作り続けてきたからか、鉄や鋼の加工にかけては一流の技術を持っていた。固い鋼の刃先と柔らかい鋼の刀身が鍛造で組み合わされた日本刀を見たとき、リチャードは代々続いた職人の執念のようなものを感じた。

ゼロから産み出すことはあまりないようだが、手本があればそれをすぐ発展させて自分のものにしてしまう。

はたしてそんな日本人に先進技術を簡単に教えてしまってよいのか。

リチャードは危惧を抱いた。

パークス卿と明治政府の政策について話したとき、彼は「お雇い外国人は使い捨てになるかもしれない」と危ぶんでいた。

日本人は後進国ゆえの劣等感と疑いで諸外国の人間を警戒している。そこには共存共栄という思想はあまり感じられなかった。

もっとも、列強もただで技術を教えようとしているのではない。日本を貿易地として発展させたいという考えもある。幕末に内戦が起こったとき、パークス卿は、将来日本とどう付き合っていくかという青写真を描き、アーネスト・サトウを介して坂本龍馬の船中八策の腹案に関してアドバイスをしたという。

ドイツはオランダを介してシーボルトを日本にやり、情報の収集を行った。

日本はこれからどう動くのか。どこか鷹揚な清国とは違い、真面目で勤勉な民族である。

彼らが諸外国の技術を吸収して力をつけ、我々と肩を並べたらどうなるのか。

リチャードはふと恐れのようなものを感じた。

「このフレネルレンズというものは、元々は一つの巨大なレンズと考えてよいものでしょうか？」

久重がまた聞いた。無邪気な瞳である。そこにはなんの計算もない。

それを見るとリチャードの肩の力は抜け、口も軽くなった。

「ああ。光を遠くまで届かせる必要はあるが、回転式灯台では照明装置のコンパクトさも求められるからな。それゆえレンズを加工してあるんだ」

「これを見ると回転式灯台の方が便利と考えられまするが、何ゆえ江戸条約の灯台では不動式が多いのでございますかな？」

「それは話が長くなるが……」

リチャードが口を開くと、久重が鋭くそれを制した。

「しばらく！　しばらくお待ちを。この話は貴重なものです。私のような年寄りが聞くだけでは心もとない……。実は佐賀藩にはあと二人、機械に精通した者がいますでな。いい機会なので、彼らにも灯台の仕組みを聞かせたいのですが、後日こちらに連れて来てもかまいませんか？」

久重は身を乗り出してきた。

「かまわん。日本人には早く技術を覚えてもらい、自分たちの力で灯台を建設してもらわねばならんからな」

「かたじけない！」

田中は頭を下げたと思ったらすぐ立ち上がり、急ぎ足で出て行った。

徹夜したはずなのに、疲れた様子も見せず、むしろ血色はよかった。

「仕事バカめ」

早足で歩いていく久重の背中を見送り、憮然として口ヒゲをいじった。何を考えているのかよくわからない人物である。

そういえば……、とリチャードは思い出した。いつも他人と一緒にいると感じる屈託を、久重に対してはちっとも感じなかった。珍しいことだ。

リチャードは水の入ったポットを囲炉裏にかけ、紅茶を淹《い》れる準備をした。

湯が沸くまでリチャードは壁にもたれ、ソローの『森の生活』を読んだ。

7　丈太郎

空を縦に割る細長い雲と思われたのは、近づくと桜島の噴煙だった。

快晴の空に噴煙はゆるくたなびいている。風は弱いようだ。

ヘンリエッタがようやく健康を取り戻したので、丈太郎はリチャードに連れられ、佐多岬の灯台建設予定地の視察に来ていた。

マニラ号で長崎を出航して二日目、今は薩摩の西の海域を進んでいる。

丈太郎が甲板から海を眺めていると、船室から大きな声が聞こえた。

「新しい灯台など不要だ！」

丈太郎が驚いて船室に入ると、日本人の役人たちがリチャードに食ってかかっていた。

「伊王島にはもう既に立っているだろう」

丈太郎が素早く抗議の内容を伝えるとリチャードが迷惑そうな顔をした。

「古い灯台は明るさも高さも足りない。役に立たないものを維持しても仕方ないだろう？」

「しかし長崎に入港してくる外国船の船長たちはあの灯台の設置を喜んでいたぞ。だからあれで十分なのだ」

　役人たちは断固としていった。

「それは明かりがあれば喜ぶだろう。だが視界の悪い嵐の夜などはどうする？　灯台の明かりが見えなければ、長崎港を探していつまでもうろうろすることになるんだぞ」

「しかし、あれには大金がかかったんだ。新しい灯台を建てるなどとんでもない」

「その意見には従えない。江戸条約の遵守は東京から指令されているだろう？　それにこれは日本だけの問題ではなく、世界中の航海士の命に関わっている。私はイギリスや日本だけでなく、世界の船舶に対して責任を負っているんだ。新しい灯台は必ず建設する」

「しかし……」

「だいたいお前たちの代表者はどうした？　船が故障したらさっさと陸路で帰ってしまったんだろう？　そうでなくても灯台担当の責任者は一年に三回も変わってしまった。抗議があるなら、東京の上司からきちんといわせたまえ」

「ぶ、無礼な奴め！」

　役人とリチャードの間では悪罵も飛び交ったが、丈太郎はそれをあえて伝えず、なるべく柔らかい言葉で訳し、会話の最後にはお互いに対する謝辞まで入れてトラブルにならないようにした。

役人たちはまだ文句があるようだったが、リチャードが一歩も引かないのを見て、ぶつぶついいながら矛《ほこ》を収めた。

「ジョー、朝からすまなかったな」

「いえ……」

「やつらとはどうも反りが合わん」

リチャードは煙草を取り出してくわえ、マッチで火をつけた。

煙はすぐ甲板に吹く風に消えていく。

丈太郎はリチャードの怒りをひしひしと感じた。

アンガス号が天草灘の時化《しけ》で故障したあと、重役たちはすぐ陸路で東京に帰り、残りはしぶしぶマニラ号へと乗り移ってきたのである。乗せてもらっているのに彼らの態度は大きく、リチャードとしばしばぶつかり、口論になった。

「結局、やつらはお雇い外国人を利用したいだけなんだ。指示を受けたり、権力を持たせたりするのは嫌なのさ。あくまで日本主導でやり、我々の意見は助言程度でとどめたいらしい。しかし、そうやってできた建造物は不良品にしかならないのを嫌というほど見てきたよ。外国人技術者が主導でやらないと工事は必ず失敗する。河川の工事だって、彼らは三角測量すらよく知らないのに、自分たちでいい加減な測量をして何十万ドルという費用を無駄にしたんだ」

「日本の役人たちは、灯台建設に関してほとんど何も知らないんですよね？　なぜうまくやるためにあなたの意見を重用しないのでしょうか」

リチャードはイギリスの最新技術を体得した建築士である。横浜においても架線工事や橋の建設、道路の舗装など実績も多い。それなのになぜもっと頭を垂れて教えを請わないのだろうか。丈太郎は不思議だった。

「面子の問題だ。彼らは技術発達など二の次で、自分の仕事を他人に指図されないことが一番重要なのだ。文句をいいたいところは他にもある」

リチャードはいまいましげに吐き捨てた。

「やつらの汚職ときたらひどいものだ。担当技師の私に知らせもせずに資材を買うし、中抜きもする。灯台の燃料を商人から五〇ドルで手に入れ政府には七〇ドルで買ったと報告し、差額を平気で着服するんだ。似たようなケースをいたるところで見てきた」

「ひどいですね……」

丈太郎は同じ日本国籍の人間として恥ずかしく思った。

費用が抜かれているということは、それだけ安い資材が使われ建造物が劣化しているおそれもある。

リチャードはこれまで英国領事のハリー・パークス卿に訴えて、日本の役人の上の方を動かしてもらってきたが、今後もそのまま役人がおとなしく従うかどうかはわからない。

リチャードの方でもいちいち上と掛け合っていては灯台建設のスケジュールに遅れが出る。

リチャードは役人に悩まされ続けていた。とにかく話を聞かず強情なのである。船内においても日本の役人たちが洋食を食べる様子は独善的で、滑稽ですらあった。役人たちは見たことのないナイフやフォークを手にとっていじりまわし、イギリス人が食べるのをちらちらと盗み見て、どうにかこうにか使うのだが、決して使い方をたずねようとしなかった。ガラスの瓶に入った胡椒を珍しがって匂いを嗅ぎ、くしゃみがとまらぬ者もいる。

イギリス人のクルーたちはそれを見て必死に笑いをこらえた。

牛肉を出されたときは、その正体がわからず奇妙な顔をした。日本人には仏教徒が多く、牛は運送や農耕に使うものという認識もあるため、それを食べるという発想がなかったのである。

しかし彼らは得体の知れぬ肉を口に運び、慣れない味でも我慢して、威厳を崩さず黙々と食べた。まずいとか口に合わないという不平は一切いわない。肉にかけるソースは、容器からそのまま飲んでしまった。

リチャードはさすがに彼らを笑わなかったが、やはり快く思っていなかった。

「野蛮人め……」

リチャードは腹立たしげに言った。

「なぜあんなに居丈高なんでしょうか」

「あいつらが高慢なのには理由がある。日本の国民が、上から命令されることに慣らされていて、ちっとも逆らわないからだ」

「それは徳川の世に定められた身分制度のせいだと思いますが……」

「もう明治になったのだろう？　市民に周知されないということは教育制度が悪いのかもしれないが。市民が抵抗しないおかげで、役人は外国人に対しても同じように、なめきって迫ってくる。迷惑な話だ」

「……」

丈太郎は故郷の貧村を思い出した。地主に頭の上がらぬ小作人たち。役人のいうがままになる人々。抵抗するなど考えもしていなかったのだろう。そして貧困が限界に達してやっと、百姓一揆や打ち壊しを起こすのだ。

「日本人って、本当にくだらないですね」

丈太郎はうつむいていった。

「……まあ、くだらないやつはイギリスにだっている」

「えっ？」

びっくりして思わずリチャードの顔を見た。

横ぐわえした煙草がかなり短くなっている。

「技術供与で来ている外国人の中には、ろくに働かない者だっているんだ。期日を守らなかったり、昼間から泥酔したりな」

「そうなんですか……」

「気をつけろ。君はその目の色で差別されることを嫌がっているようだが、日本人を一緒くたにして批判している時点で、そいつらと同類かもしれんぞ。きちんと知らないうちに決めつけるべきではない」

冷水を浴びせられたような気がした。

「そんなことはありません！　僕はただ……」

「ま、堅苦しく考えるな。日本の役人にもいいやつはいるしな」

リチャードが笑みをたたえた。

「えっ？」

「たとえば……」

リチャードは煙草を缶の灰皿に捨てた。

「長州出身の井上馨《かおる》という男だ。彼はイギリスで学んだそうだが、実に物のわかる男だ。それと、彼の友人で伊藤博文という男も話せる。井上と一緒にイギリスに留学したらしいのだが。今は明治政府の中核になって働いている」

「留学ですか」

丈太郎はうらやましかった。父に習った片言《かたこと》の英語を元に、外国船で働きながら勉強した自分は、いまだ使用人の立場である。政界の中央で活躍するなど、想像もできなかった。


「見えたぞ！」

イギリス人クルーの一人が声を上げた。

灯台建設予定地は、佐多岬から数百メートルの海峡を隔てた大輪島《おおわじま》である。

丈太郎は双眼鏡を覗いて驚いた。

「あれに灯台を建てるんですか？　なにか、山のような島ですね」

まるで平地というものがない。誰も寄せつけないとでもいうような切り立った岩山には樹木が深く生い茂っている。住人は鳥と昆虫だけだろう。島の周りには激しい波が寄せ、地続きの磯を洗っている。あの場所に灯台の建築資材を運び上げるだけでも大変に違いない。

「確かに、そのまま灯台を建てるのは難しいだろうな。しかし、位置的にはあそこが一番いい。東シナ海から来航する船が最初に視認するポイントで、中国、四国、関西各方面へ航行する船にはなくてはならないものなんだ。錦江湾に出入りする船にもいい目印になるしな」

「でも灯台を設置する平面の土台はどうするんですか?」

「山を削るしかない。神子元島《みこもと》と同じ方式だ」

リチャードはこともなげにいった。

神子元島は下田の沖にある岩だらけの小島で、リチャードたちはその特徴からロックアイランドとも呼んでいた。その島に灯台の土台をつくるため、神子元島の頂上を平らに削る作業を今も続けている、とリチャードはいった。

「これらの島は元々山頂であったところが海に沈み、先端だけが突き出ているんだ」

丈太郎が見ていると、島には大波が打ちつけ、そのてっぺんまで洗うときもあった。

「すごい波ですね。灯台は波をかぶっても平気なんですか?」

「イギリスにはもっと厳しい環境に立っている灯台がある。しかしこのような過酷な条件だとやはり鉄製の灯台がよいだろう。ただ、周囲に速い流れがあるから、船を着けるときは潮位や天気を選ばねばならないだろうな」

「建築に時間がかかりそうですね」

「ああ。それに保守のことも考えねばならん」

「灯台守のことですか？」

「そうだ。よく勉強しているな？」

「貸して頂いた本を読みました」

丈太郎はひそかに、一緒に英語を勉強してくれているヘンリエッタに感謝した。彼女の手ほどきがなければ読み通すことはできなかっただろう。

「あれに書いてある通り、灯台にはメンテナンスが必要だ」

「彼らは灯台の中で暮らすんですよね」

「大体そうなるのだが、ここでは無理だろう。佐多岬に退息所をつくり、船で通うしかないか……。それともワイヤーロープを張って籠で人員や資材を運ぶようにするのもいいかもしれん」

実際にこの灯台が完成した後は、大輪島と佐多岬の間にワイヤーロープが張られ、ハンドル式の滑車により、籠が行き来することになった。しかし日本人の灯台守が高所の綱渡りを恐れたため廃止となる運命を辿る。

丈太郎は灯台建設の厳しさを今まさに、目の当たりにしていた。

しかし、佐多岬の視察には、日本の役人はほとんど出て来なかった。島を一目見ただけで船室に引っ込み、将棋を指したり寝たりしている。

丈太郎は呆れた。

「あの人たち、いったい何をしに来てるんでしょうね」

「やつらはここにいたという事実があればいいんだ。それに調査しようたって、灯台を造るために必要な設置条件や測量方法もろくに知らない。上司にいろといわれたからいるだけだ」

「むしろ足を引っ張っていますよね」

「灯台の重要性を日本側が理解してくれなければ困るのだがな……。ただ役人にそれをわからせるのは、あの大輪島に灯台を造るより難しいかもしれん。タナカのような熱心な者が役人の中にたくさんいればいいのだが。伊藤が今度、工部省のボスになるというから、よくよく頼んでおいたがね」

リチャードは腕を組んだ。

「さあ、長崎へ帰ろう。ここはなんとかなりそうだ」

マニラ号は長崎へと進路を変えた。

帰途、丈太郎は日本人の役人が集まっている船室に行ってみた。

先程、「くだらないやつはイギリスにだっている」とリチャードにいわれたことが心に残っていた。

船室にいる日本人たちは異国人を避けている。アーネストにいわせるなら、「異物を知ろうとせず排除している」わけだ。

しかし異文化がある程度理解できたならどうだろうか。彼らは洋食の作法を知ろうとしなかったが、知識があれば相手方の様式に合わせることもできる。

そうなれば日本人でも胸襟を開く者がいるのではないか。

お互いに理解を深め、共通点があると知れば、その先に交流が生まれるような気がした。

役人たちがリチャードと心を交わすことができれば、灯台建設にとっては大きなプラスだろう。

（ならば自分にもできることがあるかもしれない）

丈太郎は思った。

いや、日本とイギリスの血を引く自分にしかできないことがある――。

お化けと言われた過去がよみがえり、足が震えたが、丈太郎は勇気を振り絞り、近くにいた男に話しかけた。

「あの……、あれは牛の肉なんです」

「は？　何がだ？」

役人は小指で耳をほじりながら、聞き返した。

「食事です。焼いた肉は牛の肉なんです」

「えっ、牛だって⁉ そんなもの食わされてたのか！」

男は驚いて目をむいた。

「あれはソースをかけなければおいしくありません。ソースだけ別に飲んでもだめなんです。ヨーロッパの食事はソースに工夫を凝らしますから……」

丈太郎は皆を見回した。すると視線の合ったリーダー格の男が口を開いた。

「坊主、お前詳しいな。留学でもしていたのか？」

「いえ……。僕は外国船で働いていたんです」

「ふうん。それで、なぜ俺たちに食事のことを教えに来たんだ？」

あなたたちの傲慢さが恥ずかしかったからです、とはいえなかった。しかし外国人のマナーや考え方などの知識を教えれば、自然と歩み寄ることもあるのではないか。

「その……暇だったというか、手持ちぶさたで」

丈太郎は強張った笑みを浮かべたが、誰も口をきかない。

（やはり来るんじゃなかったか）

後悔の気持ちも湧きあがってくる。

そのとき、リーダー格の男が丈太郎の肩を腕で抱いた。

「一つ相談があるんだがな……」

船が長崎へ近づくころには、日本の役人たちはフォークやナイフを使いこなし、調味料の使用法も間違えなくなっていた。

イギリス人のクルーたちは適応するのが早いと、日本人を少し見直した。

「彼らもナイフの使い方がうまくなりましたね」

丈太郎は甲板で煙草を吸っていたリチャードのところに行き、冗談めかしていった。

「器用なものだな。私などはいつまでたっても箸が使えん」

リチャードは笑った。少しは役人たちに対する印象もよくなったのかもしれない。

あの後、役人たちに食事マナーのコーチを頼まれた。彼らも内心恥ずかしかったようである。

通訳は言葉を訳すだけではないとアーネスト・サトウはいった。もしかすると文化の違う相手との間を取り持つという役目もあるのかもしれない。ほんの少しだが、イギリス人と役人の間を近づけることができたような気がした。これですぐに仲良くはならないだろうが、小さな一歩ではある。

そもそも日本人の態度を「恥ずかしい」と感じたということは、自分の中にも日本を慮《おもんぱか》る気持ちがあるということなのか。

話をしてみると、日本の役人たちも、半分日本の血が流れている丈太郎には饒舌で、菓子などもくれた。そうなるとリチャードが侮蔑するほど、悪い人間たちとも思えなかった。

日本人とイギリス人の中間にいる自分には双方の気持ちが理解できた。できるだけ気持ちも伝わるように通訳してみよう、と丈太郎は思った。

双方に同じ気持ちがあれば親交は生まれるかもしれない。

「サー・リチャード、海は好きですか」

甲板に出た丈太郎はリチャードを見つけ、ふと聞いてみた。

リチャードは一瞬、変な顔をしたが、

「ああ。好きだな」と、答えた。

「彼らも海が好きだそうです。つまり日本の役人たちですが」

「嫌いな者などあまりいないだろう?」

「そうか。それはそうですね」

丈太郎は頭を掻いて笑った。単純すぎたか。

それでも同じ人間である以上、とっかかりはあるとも思えた。

海は凪いできている。

「そういえば日本人には意外に親切な面もあるな」

おもむろにリチャードが口を開いた。

「広島に行った時だったが、錨泊中に我々のクルーの一人が急死したんだ。あのとき君が役所との交渉を担当してくれたろう？　士官候補生のいい青年だった。あの後、君がマニラ号に来る前に、遺体を近くの岸辺に埋葬したんだ。そのときイギリス人のクルーたちはみんな葬式に出たんだが、日本人の研修生たちも全員ついてきてくれた。彼らは黙禱し、墓に花も飾ってくれた」

「えっ？」

その行為は「日本人は親切である」という風に船内のイギリス人の意見を好転させたという。

視点によって、人の印象は変わる。丈太郎は人間の幅の広さを知った思いだった。自分はまだまだ小さいと感じる。

これからいろんなものを見なければならない。

自分はかつて早々と日本人を見限ってしまったが、決めつけるには早すぎたのではないのか。

丈太郎の若い魂は旅と出会いを欲していた。

また、船の白い航跡を眺めてふと浮かんだのはヘンリエッタの笑顔であった。

8　リチャード

「つまり、灯台の設置は、視認できる目標物のない危険な個所が第一候補となるが……」

説明しようとしたリチャードの話はすぐに断ち切られた。

「お待ちください！　なぜ見晴らしがよければ灯台を建てる必要はないのですか？」

「瀬戸内海だけがなぜ、特殊な事情なのでしょうか」

「待て！　質問は一人ずつだ！」

リチャードは声を荒げた。親鳥の餌を待つヒナのように口やかましい者たちが目の前に並んでいる。

伊王島の灯台建設基地は異様な熱気を帯びていた。朝から久重が新たな技術者を二人連れて来たのである。彼らは佐賀藩の精錬方の石黒寛二と中村林太郎だった。中村林太郎は佐賀の有力な科学者、中村奇輔の息子である。石黒寛二と中村奇輔は、田中と共に日本人として初めて蒸気機関車の雛形を作った者たちだ。

石黒と中村の二人は英語を話せなかった。そのため、ジョーが忙しく通訳せねばならない。だがジョーはこのところ科学技術の専門用語にも懸命についてきている。佐多岬に行って以来、さらにやる気を出してきているようだ。

リチャードはジョーの通訳力を心強く思い、臨時の生徒たちに説明した。

「つまり、海上に突出した島や岬の形がわかりやすくて簡単に識別できる所には灯台を設ける必要はあまりない。むしろ島の数が多くて自分の位置を見誤りやすいような所に灯台は必要なんだ」

リチャードはそこまでしゃべると水を一杯飲んだ。ティータイムにしたいが、久重たちに捕まったためなかなか解放されない。

「また、夜間に通航の困難な海峡には、安全な錨地、つまり錨を下ろせる浅海まで導く灯台を設けて、夜明けを待たせればいいんだ」

「なるほど……」

久重が待ちかねたように口を開いた。

「先日の質問の続きですがの。回転式の灯台と固定式の灯台を選ぶときの基準はなんでしょうかな？」

「良い質問だ」

リチャードは熱心な技術者たちを見つめた。

「前に、回転式の灯台は、その明暗の周期によって個々に識別できるといったが、他にもまだ理由がある。まず回転式の方が光を収斂《しゅうれん》できるため、燃料コストがいい。今ヨーロッパの灯台は大抵が回転式だ。固定式は暗礁の多い所で使う。つまり暗礁がある方向にだけ、赤色のランプを照らすなど、船から見てわかりやすいというメリットがある」

「なるほど……」

「本当なら日本にも回転灯を多く設置したいが、あれはメンテナンスにかなり熟練を要する。だから初期に建てる灯台としてはまず不動灯がよかろう」

「伊王島の灯台も設計図は不動灯でしたな」

「そうだ。回転式はまず和歌山の樫野崎《かしのざき》灯台で試験運用し、熟練したイギリス人の灯台守がつく予定になっている。日本人の灯台守が慣れれば、その後の灯台は回転式となるだろう。伊王島灯台も後から回転式に改造することができる」

久重たちは頷いた。

「回転する仕組みはこれですかな」

久重は嬉しそうな笑みを浮かべ、回転式灯台の原理図を見た。

「そうだ。興味がありそうだな」

「分銅を吊して巻き、その重みで軸を回転させ、傘歯車で回転の角度を直角に変える、と」

「そうだ。からくり師の君にはお手の物であろう。あのような複雑な人形を作るのだからな」

リチャードはにこりと笑った。

「さよう、これはゼンマイ仕掛けに近いものですな。しかし分銅の重さが一定であるため、回転速度も変わりませんから、サザエ車を使う必要がありませんわい」

「サザエ車?」

リチャードはジョーを見た。しかし彼も困惑して首を振った。どうやら特殊な仕掛けらしい。

「この回転灯台にはまだ改良の余地がありますのう。歯車の精度を高めるための策ですがな……」

久重は図を書いた。

「歯車の噛み合いにはわずかな誤差がありますゆえ、これをストッパーにて調整すれば、回転速度の調整もきめ細やかに行くのではありませんかな」

「ふうむ……」

リチャードは唸った。回転機構をここまで精密に考えた技術者がヨーロッパにいただろうか。イギリスでもっとも著名な灯台技師、スティーブンソン兄弟すら、そんな噛み合いの微差は度外視していた。

「そしてランプへの燃料の補給ですが……」

久重はいうと、雑嚢から小さなランプを取り出した。

「これは私が作りました無尽灯《むじんとう》というものでございます」

形はシャンパングラスのようだが、ガラスのカップの部分に灯芯が見える。

「何か仕掛けがあるのか？」

「ご覧ください」

久重が灯芯に火をつけ、ランプの芯筒を上下させると、火は燃えさかり、一気に明るくなった。

「これは……どういうことだ？」

リチャードは目を見張った。もしこの原理を灯台に利用できたらどうなる？

「これは菜種油を空気ポンプで加圧して、灯芯に強制的に送り込んでいるのですわい。明るさは普通のランプの約一〇倍……」

「ほう。石油ランプよりも明るいのか？」

「はい、そうなりましょうな」

「しかしかなりの燃料を消費するだろう？」

「それは仕方のないこと。従来のものでは夜に書物も読めませぬゆえ」

「ふむ」

リチャードは腕を組んだ。

「これをどのように思いついた？」

「なに、元は失敗作から思いついたものでございましてのう」

久重は頭を掻いた。

「失敗作？」

「昔、リクトパルレンという風砲（空気銃）を久留米藩に売り込みに行ったことがあるのですが……」

久重が昔語りを始めた。

二〇代の頃、久重はオランダ渡りの風砲に出会い、一目惚れした。空気圧で弾を撃ち出すという新手の銃であった。久重はすぐさま購入して分解し、その構造を自分のものとして模造品を製作した。

その噂を聞きつけたのが久留米藩主の有馬頼徳《よりのり》である。頼徳は久重を城に呼び、風砲を披露するようにいった。

庭前に招かれた久重が晴れがましい気持ちで試射をすると、何度も弾は的に命中し、その威力も申し分なかった。

頼徳はそれを見て大いに喜び、家臣たちに「藩で採用するから久重に製造させよ」と告げた。

久重は嬉々として帰り、方々に借金をして風砲の製造工場をつくった。殿様の言いつけだけに、いざ製作となったとき遅滞があってはならないと思った。

しかしそれ以来、久留米藩からはなんの音沙汰もなかったのである。

実は、久留米藩の家臣たちは、殿さまの物好きに悩まされていた。有馬頼徳は財政が苦しいのに能や詩歌にこり、趣味に金を散財した。おまけに風砲となれば、大砲の製造を禁じている幕府と対立することにもなりかねない。家臣たちは協議し、風砲を採用しないと決めた。

しびれを切らした久重が城にたずねて行くと、あっけなく門前払いとなり、重い借金だけが残った。

久重は優れた技術者だが、世渡りがかなり下手だった。そのため何度もこのような失敗をし、破産の危機をたびたび招くことになったのである。

「はっはっは、からくり儀右衛門などと呼ばれ、調子に乗っておったのでしょうな」

語り終えて、久重は楽しそうに笑った。

「しかし、お上もお上ですのう。手の平を返した後は居丈高に、なしのつぶて。せめて開発費用くらいは出して欲しかったのですが」

「そこで久重様が倒れていたら今の佐賀藩の技術もなかったでしょうね」

中村が、とりなすようにいう。

「ほんとに金には苦労したわい。妻子を抱え、途方に暮れたことが何度もあったのう」

久重は白髭を指に絡ませていじった。

「しかし、リチャードさん。無尽灯を思いついたのはその風砲の失敗からでしたわい。空気を圧搾する技術をランプに応用してみましてのう。庶民の困っているところを補えば、自然とそれが発明となる……といったところですかな。もっとも本当は、夜にも書物を読みたいという自分の欲が一番の動機でしたが」

久重は楽しそうに笑った。

無尽灯の工夫は圧搾空気だけではなかった。灯芯の部分にガラスの覆いをつけることによって、光のちらつきをも防いでいる。この無尽灯のおかげでようやく久重の商売は軌道に乗った。

もっとも、その後すぐに大塩平八郎の乱がおこり、店が打ち壊されて財産を失った久重は、今度は和時計製作の道を歩むことになる。

「しかしそれほどの技術者がここにいていいのか？」

不思議に思ってリチャードは聞いた。

「幕末には重宝された精錬方も今となっては廃止されましてな」

久重はやや寂しそうにいった。

「なぜだ。日本の工業はこれからじゃないか?」

「そうもいかぬのです。精錬方はもともと西洋技術を取り入れて武器を造るという役割が濃かったのですが、昨今は輸入で最新式の武器や鉄鋼が入ってくるようになりましてのう。必要が無くなりもうした。鍋島直正殿だけはまだ、いろいろと便宜を図ってくれるのですがの……」

「しかし、東京や横浜に行けばいくらでも働き口があるだろう?」

「この老骨がまだ役に立てば良いのですがな。ただ石黒と中村はまだ若い。ここで学んだことは必ずや日本の将来の光となりましょう」

「そうか。日本はまだ革命が終わったばかりだったな」

リチャードは腕を組んだ。

日本で廃藩置県が行われるのはこの二年後である。明治維新となったものの、事実上は中央政府が江戸幕府から朝廷へ移っただけに過ぎず、各地に未だ残る大名領(藩)の存在をどうするかは解決されていなかった。中央集権が整うまでは久重たち技術者も藩の支配下にあり、日本のために働くということにはならない。

しかし日本という国が発展していくためには、人材を集めることが不可欠である。このことは、工部省の長となる伊藤博文にいっておかねばならぬとリチャードは思った。

「それでお願いがあるのですが……。ぜひ我々を伊王島灯台の建設に参加させてくれませぬか」

「実地で学びたいというのか？」

「はい。座学ではやはりものになりませぬゆえ。いかがでございますかな？」

「ふむ……。それはかまわないが、怪我などをしても自分で責任を取れるか？」

「もちろんでございます。ぜひお願いしたく」

「よし。だったら手伝ってもらおう。これから本体を建築し、ランプと反射器を取り付けるところだ」

「よぉし！」

久重が大きな声を出し、リチャードは飛び上がりそうになった。

「脅かすな、タナカ……」

それにしても久重は闊達である。子供のような好奇心を抱いていれば、年老いることもないということか。リチャードは奇妙な形をした無尽灯を見つめた。

「それで、この無尽灯ですが、このからくりを灯台に使えぬものかと思いましてな」

久重はランプをリチャードに渡した。

「……うむ。確かにアイデアはいい。だが灯台には普通、光を収束させて遠くまで届かせるために反射鏡やレンズを使う。そうすると燃料の消費も少なくてすむんだ」

「なるほど、拡散する光を束ねれば、燃料を増やさなくても明るくなるということですか」

久重は膝を叩いた。しかしまだ何か考えている。貧乏揺すりしながら、つぶやいた。

「できぬこともない……」

「何がだ？」

「いえ、急にひらめきが起こりましてな。いくつになっても、からくりを考えるのは楽しゅうございまして。ふ、ふふ……」

また、何かわからない鼻歌まで唄い出している。

「そうだ」

リチャードはさらにこの才ある男に教えてやりたくなって、フレネルレンズの図面を広げた。

「このレンズの大まかな説明は前にしたが、詳細な仕組みはわかるか？」

久重は図面を睨んだ。

「いえ、とんとわかりませぬ。この断面はいったいどういう意味なのでしょう？」

「そうか」

リチャードは微笑した。この男の直感でもわからないことがある。もっともこのレンズは、光を収束するための理想形ではなく、灯台独特の用途のために工夫された特殊なものだった。

「このレンズは光の収束に必要な部分だけを残して、薄いレンズとした機構なのだ。光は分断された放射状の面を通って収束する。これにより原材料費を抑え、重量も軽くできる。これを灯台に二〇基、据えつけるんだ」

「ふむ……。すごい工夫でございますな。でもこれでは光に縞ができてしまうのではありませんか?」

「光は拡散するからさほど影響はない」

「なるほど……」

「カメラ用のレンズなどよりは光の焦点がぼけることもあるが、灯台の用途としては十分だ」

リチャードは学生に教えるかのごとく、嚙んで含めるように講義した。

東洋の天才に教えることができて、少し気分が良かった。

自分は誰かに教えることが意外に好きなのかもしれない。

9　丈太郎

膝の上に置いた手ぬぐいが汗まみれになっていた。

リチャードと久重たちの会話を通訳するのに、一生分の気力を使い果たしたような気がした。話すのが早いので、訳す必要のあるものとないものを瞬時に振り分け、余計なものは省いて簡易に伝えねばならない。意味がわかっても表す言葉がない場合は、知っている単語を組み合わせて表現する。光学のこともわからないところがまだまだあり、昨日覚えた単語を、もう今日めいっぱい使うようなありさまであった。

それでも久重の身の上話は殊に面白かったし、感銘も受けた。日本人にもこんなすごい技術者がいたのだ。

丈太郎も命がけで英語の勉強に打ち込もうと思った。自分の精神的な苦しみなど、久重の味わった苦難に比べれば、ささいなことのようにも感じられた。困窮のさなか久重は、自分だけでなく家族まで養っていた。

自分は彼の半分の努力でもしただろうか。

「もっと強い力を持てばいいじゃない」というヘンリエッタの言葉も甦った。帰ったらすぐに辞書を読もう。語彙《ごい》は文化であり力だ。英語の読み書きを習得するということは、書物を通して海外の膨大な知識に、自由に触れることができるということだ。

「よし。建設予定地に行ってみよう」

リチャードがいって、皆腰を上げた。そろそろ昼に近くなっている。

灯台の建設予定地にはセメントの原料や鉄材が運び込まれていた。流しの大工や雇われた伊王島村の人々が集まり、六角形に敷石を組んで、灯台の台座とする作業を行っている。

リチャードが近づくと、棟梁の大渡伊勢吉が頭を下げて会釈した。彼は大浦天主堂の建築にも参加した伊王島の大工である。

そのままでいい、という風に伊勢吉に頷く。

リチャードは敷石の中心部に立つと、運んできた長行李を開けるよう丈太郎にいった。中にはセオドライト（水平面、垂直面における角度を測定するための経緯儀）とクアドラント（四分儀。天文観測用の機器）が入っている。

リチャードはまずセオドライトを受け取ると周囲を測量しはじめた。日本の技術者たちも使い方を聞きながら手際よく手伝う。

台座が正確に設置されれば、その上の灯台本体を組み立てるのはたやすい。本体の鉄材は既にパーツとして加工されている。

村人たちは、リチャードたちの測量を物珍しげに見ていた。

「反射鏡やレンズはまだ届かぬのですかな?」

久重が聞いた。

「もう東シナ海に着く頃だろう。楽しみにしてるといい」

リチャードが微笑んだ。

灯台のレンズや反射鏡はイギリスでスティーブンソン兄弟が製作し、順次日本に送る。灯台本体部の鉄材は既に届いているので、本体を組み立てたあと、届いた照明装置を据え付けることになる。灯台本体は日本の環境に合わせ、リチャードが設計したものだ。伊王島灯台は、反射鏡を備えたランプが二〇個取り付けられた不動灯となる予定である。

久重は一人離れ、草原に敷いたゴザに腰を下ろした。立ちっぱなしで疲れたのか腰を拳で叩いている。

丈太郎は紅茶をポットからカップに二つ注ぐと、手に持って近づいていった。

「田中様、お茶をどうぞ」

「おお、これはすまぬな」

久重はカップを傾けた。

「む、これは？」

「イギリスの飲み物で紅茶というものです」

「なかなかうまいのう」

久重は相好を崩した。

「聞きたいことがあるのですが」

「なにかな？」

久重が丈太郎を見た。瞳がよく動く目である。

「あの……、本当ですか、三回も破産したって？」

「はは、身代をつぶすのはわしの得意技でな」

久重は楽しそうに笑った。

「……そのとき、絶望しなかったのですか？」

「絶望？」

久重は少し考えていった。

「そんな暇はなかったのう。なにせ次から次へと頭に浮かぶからくりがあったから、それを形にするのに忙しかった。それでよいものができたら売れるし、だめなものは見切って次のからくりを作った。だめなものの方がかなり多かったがな」

久重は紅茶をまた一口飲んでカップを見つめた。

「ほう、日があたると透き通って、美しい色となるな」

「イギリス人は休憩時間になると大抵これを飲むんです」

「休憩時間？」

「ええ。大抵は午前十時と午後三時です。他に昼休みもあります」

「もったいない」

「えっ？　何がですか」

「決まっておろう。時だわい。人に与えられた時は限られているからの。どう考えても、生きている間に頭の中のもの全てを形にすることはできんじゃろうて」

久重は心から残念そうにいった。

丈太郎は感銘を受けると同時にあきれもした。この人は物を作ることしか考えていないのか。

「しかし、茶を作ってくれるからくりも良いな」

久重は紅茶の入った竹筒を見つめた。

「えっ」

「茶葉を匙《さじ》で落とし、湯をそそぐからくりがあれば……」

そういうと久重は木の枝を拾い、地面に図を描き始めた。定規も使わぬのに、まっすぐな線をひく。そしてみるみる、からくり仕掛けが完成していった。

丈太郎はその図に見とれた。直線だけでなく、曲線すら美しい。

「これ、お主」

「あっ……、はい」

「お主はずっと通訳をしておるのかな？」

「始めてもう三年になりますか」

「誰に習うた？」

「それは……イギリス人の父に」

小さな声でいった。

「そうか。うらやましいのう」

「えっ？」

まただ、と丈太郎は思った。長崎に来てから、自分はさまざまな人にうらやましがられている。それまでは異人の父の事を揶揄されこそすれ、賞賛されることなど一度もなかったのに。

だが、このとき丈太郎はまだ気づいていなかった。努力すれば世界の方から近づいてきてくることを。ようやくその手は彼のところに届き始めていた。

「わしはな……」

久重は懐かしそうに口を開いた。

「英語の習得には随分かかった。他の者がひと月で覚えるところを、三ヶ月はかかったな」

「あんなに流暢《りゅうちょう》なのにですか？」

「オランダ語にはもっとかかったわい。わけのわからぬ文字の並びを暗記するのが得意ではなかったからのう」

「……」

丈太郎にも最近、その苦労がわかりはじめていた。日常の英語はともかく、難解な科学用語は単なるアルファベットの羅列に見えてきて、どうやっても頭に入っていかない。何度も書き写すしかなかった。

「しかしお主は父から習い、子供の時から英語が話せる。得ではないか。他の者が苦しむところを楽々と通り過ぎてきたのだからの」

「でも僕は……この目のせいで苦い思いをしてきました」

久重はじっと丈太郎の目を見つめ、眉間に皺を寄せた。

「見えぬのか？」

心配そうに聞かれた。

「いえ、見えますが」

「なっ……。馬鹿者！」

久重はいきなり大きな声を出すと、今度は急に笑い出した。

「驚かせるな、小僧」

「え？　あの……」

「見えるのであれば良かろう。心配して損をしたわい」

「でも、この目の色を奇異とはお思いにならないのですか？」

丈太郎は今、自分の目の色と向き合おうとしていた。一生この目からは逃げられない。ならばそれをどうしてもあるものと認めて生きていくためには、それでもいいという理由づけが欲しかった。この目を理由に自分を疎外する相手はこれからも必ずいるだろう。

「色はただの色よ。着物と変わらぬではないか」

「しかし……」

久重は首を振った。

「いいか、よく考えよ。お主のことをよく思わない奴らに時を奪われてなんとする？

蘭学の医書によると、人の頭には脳という臓器がつまっておる。つまり考えるということは、脳を動かすことじゃ。くだらぬ者たちのために脳を動かすのは無駄の極み。人の一生は短いぞ。時がなさすぎる」

「それはそうですが……」

丈太郎は混乱した。そんなことは考えたこともなかった。非難されたら、むしろ自分が悪いのだと思ってしまうたちだった。

「子供の頃、わしは寺子屋でちっとも身が入らぬでのう」

久重は海を見つめながら思い出すようにいった。

「師範はやいのやいのいうし、親にも見放された。でもな、それはわしとは関係のない事であった。わしはわしのやりたいようにやった。からくりをいじるのが面白かったからのう」

久重は地面に書いた図を楽しそうに見つめた。

「わしを非難する者は随分多かったが、そんなことは聞くそばからすべて忘れた。多分、向こうも忘れておるじゃろう。なんの傷もない。だからそんなことは考えるだけ無駄じゃわい」

「田中様は最初から道を見つけておられたのですね」

「道というほど大層なものではない。好きなことを続けた。それだけだの。それしかやらなかった。よくもまあ、今まで生きてこれたものよ」

久重は明るく笑った。

「しかし生きておることが肝要じゃな。わしの息子も生きておったならお主くらいか……」

「えっ？」

丈太郎は久重を見た。

「くだらぬことで亡くしてしもうてのう。金などいくら失うてもかまわんが、命だけは戻らぬ」

久重が珍しく、つらそうな顔をした。

彼の息子、二代目儀右衛門は久重と共に佐賀藩の精錬所に入り、彼の発明の多くを実用化した。しかし元治元年（一八六四年）九月、佐賀藩がイギリスより購入した汽船「甲子丸《かっし》」の授受および検分のため、秀島藤之助と共に長崎に出向いたとき、秀島の突然の発狂により惨殺されたのである。

秀島藤之助は共にアームストロング砲を開発した仲間でもあった。久重は才にあふれながらも生涯不運がついて回り、数奇な運命を辿ることになった。

「お主はこれからどうする？　その語学の達者さがあれば藩に口をきいてやってもよいがな」

久重が優しくいった。

「えっ？　僕が藩に仕官を？」

丈太郎は戸惑った。遊女の私生児たる自分が、そんなところにつとめられるのだろうか。

「でも、僕は……。イギリスに行き、向こうで暮らすという夢があります」

「そうか。それも良いな」

久重が紅茶をうまそうに飲んだ。

「わしも若ければ欧米の技術をこの目で確かめてみたいものだのう。しかしこの年になるとしがらみも多くてかなわんわい」

久重が水平線を見つめた。

（自分はまだ若い）

丈太郎は実感した。これからまだ無限に時間と選択肢がある。

自分に何ができるのか、何をしたいのか――。

自分は可能性を詳細に調べたり、よく考えもせずに、ただ漠然とイギリスに行くと決めてしまっていたのではないか。

「ボスが呼んでおるぞ」

久重の声に、丈太郎はふと我に返って立ち上がった。

10　リチャード

「ジョー、地図を持ってきてくれ」

リチャードは久重と話し込んでいるジョーに声をかけた。慌てて走ってくる。

「どうぞ」

「すまん。奴らがうるさくてな」

精神を集中して測量するリチャードを石黒と中村が質問攻めにしていた。

「各国の航海士へ告示する必要のある情報はどのようなものですか？」

石黒が帳面に筆を構えながら尋ねる。

リチャードは地図を広げて見せた。

「灯台の設置場所の緯度と経度、海面からの灯火の高さ、光達距離、その他灯台付近の危険個所の情報だ。これを〈航海士への告示〉として対外的に示す。そして、この告示には署名が必要となるんだが、まだ世界でよく知られていない日本人の名前ではだめだ。信用されないからな」

「すると署名は誰がするのですか？」

「灯台技師、すなわち私の署名だ。英国人技師の署名があるとなれば世界の航海士からも信用される」

「なるほど……」

石黒がリチャードの言葉を帳面に書いた。

話しながらリチャードは、署名に至るまでの騒動を思い出し、うんざりした。

日本の官吏はリチャードが署名することに反対し、「技術指導はありがたく受けるものの、外国人の支配の下に文書は発行しない」と門前払いにした。リチャードはパークスに頼んで粘り強く交渉してもらい、ようやく役所の灯台担当長官と技師であるリチャードの両者の署名をすることで告示できる運びとなったのである。

「灯台の灯火を燃やす油はなんでござるか？」

今度は中村が技術面について質問をした。

「木綿の灯芯に植物油を使うのだが……」

リチャードは肩をすくめた。

「ちょっと待て。ティータイムにしよう」

リチャードは歩いて行ってゴザに座っている久重の横に腰を下ろした。日本人技術者たちのしつこさといったらない。蜜にむらがる蟻のようだ。しかも蟻のように飽くことなく働く。役人たちとはまったく正反対である。

ジョーが風呂敷包みから水筒とカップを取り出し、皆の分の紅茶を入れた。

久重たち三人は、リチャードを囲むように正座し、紅茶を飲み終わるのをじっと待っている。まるで斬りかかってくるような目つきだった。

「君たち、少しはリラックスしろ。人生を楽しめ」

「あの……灯台守の日課について教えて頂けますか？」

リチャードは中村の顔をまじまじと見た。

「お前、私の話を聞いてるのか？」

「はい、聞いています！　もっと聞かせてください」

「ジョー……。なんとかしてくれ」

リチャードががっくりと肩を落としたとき、不意にドーンという衝撃がきた。

カップの中の紅茶が跳び上がる。

「何だ！　砲撃か？」

リチャードは転がってうつぶせに身を伏せた。新聞で読んだ薩英戦争のことを思い出す。近くに積んであった灯台建設用の資材が崩れ、その直後、今度は地面が大きく左右にゆすぶられた。

「うわっ……うわ！」

「地震だ！」

「大きいぞ！」

皆、口々に叫ぶ。

（なんだ、これは！）

リチャードはこんな大きな地震を体験するのは初めてであった。イギリスでは地震といってもごくわずかな揺れがあるくらいである。

しかし日本の地震は想像をはるかに上回った。揺れが大きい上に、なかなか収まらない。このまま地球が崩壊するのではないかというほどの激しい恐怖を感じた。

彼は初めて自分の生命が自分ではどうにもならぬという状況に追い込まれた。自然の力が猛威をふるえば人間などたやすく死ぬ。

リチャードは祈った。神など信じぬ彼だったが、他に術《すべ》がなかった。

（頼むから止まってくれ！）

恐怖で身体が板のように硬直している。祈りを唱えながら歯を食いしばり、大地に四肢を突っ張っていると、ようやく揺れはおさまった。首筋に汗が流れる。

「終わった、か？」

声を震わせて聞いた。

しかしジョーも田中たちも皆顔をそむけて答えなかった。

いや、よく見ると彼らは笑いをこらえている。

「おい、どういうつもりだ！」

リチャードは思わず怒鳴った。今の地震を感じなかったのか⁉

「サー・リチャード、あの、格好が、その……」

ジョーが妙な顔でリチャードを指さした。

「なに？」

リチャードはふと我に返ると、自分が四つん這いになり、腰を高々と上げているのに気づいた。

「う……生まれたての馬のような……」

中村も笑いをこらえながらいう。

リチャードは慌てて居ずまいを正した。

「リチャードさん。日本の地震は初めてですかな？」

久重がにこにこしていった。

「まあな。よい体験をした……」

さも何もなかったという風に装う。

「この程度なら半年に一度はあります。そのうち慣れますゆえ」

石黒と中村もうんうんと頷いている。リチャードの醜態はなかったことにしてくれたようだ。

リチャードは赤面した。かつて船上で日本人の食事マナーをみんなで笑ったが、仇《かたき》をとられたような気がした。

「私もすぐに慣れるだろう」

平然と答えたが、少し日本人の感性を疑いたくなった。こんな恐ろしい自然現象が何度も起こる国で、平気な顔をして暮らしているとは。

「そうだ、被害はないか?」

立ち上がって、建設現場を見にいった。

大工や村の人々は作業を再開していた。たてかけていた木材が倒れたくらいで済んだようだ。

(役人と違ってよく働いてくれる)

リチャードは純朴な村の人々に感謝した。最初は野蛮に感じていたが、見ているうちに、指示をすれば丁寧にやるし、怠けもしないことがわかる。ややとっつきにくいが、それは照れているだけで、内省的なのだとわかった。

リチャードは建設基地の倉庫にも点検に入った。そこにはスティーブンソン兄弟の設計による照明装置を支える鉄製のフレームが置いてある。

「これは!」

一目見てリチャードは衝撃を受けた。二重構造のフレームが地震の震動で外れていたのである。

「こんなはずは……」

「リチャードさん、どうしたのです？」

久重たちが後から倉庫に入ってきた。

「見ろ、これを」

リチャードは照明装置を支える鉄製のフレームを指さした。

「フレームがずれていますが、それが何か？」

「これは大変なことになった……」

「といいますと？」

リチャードはそれには答えず、深刻に聞いた。

「タナカ、日本ではもっと大きな地震も起こりうるのか？」

「はい。可能性は十分あるでしょうな」

「そうか……。やはりフレームに新たな地震対策を施さねばならんようだ。基地に戻ろう。相談したいことがある」

リチャードは厳しい顔で皆にいった。「地震に気をつけろ」というアーネストの言葉を思い出していた。

基地に戻ると、リチャードは床に大きな図面を広げた。

それは灯台の照明部分を乗せるフレームの部分だった。

「見ろ。フレームの下部に三つ、カップとボールのセットがある。これがイギリスの灯台技師、スティーブンソンの考えた耐震装置だ」

リチャードは二重構造のフレームの間に設置されたボールを指さした。断面図で見ると、茶碗を逆さにしたようなカップが下部につけられており、その下にボールが入っている。さらにその下には、上に開いたカップがあってボールを挟み込む構造だった。下向きのカップと上向きのカップでボールを挟むことによって可動システムとし、地震の揺れを減衰してランプ部に伝えないシステムである。

「このようなシステムがない場合はどうなるか、ということだが……」

リチャードは鞄から写真を取り出して机の上に置いた。

「見てくれ、この灯台を」

写真には煉瓦造りの灯台がうつっていたが、よく見ると三割ほど上の部分が水平に回転し、石積みに切れ目が出来ていた。地震の揺れに耐えかねて、灯台上部が回転し、ねじ切れてしまったのである。

「こうなると当然、灯台は用をなさなくなるし、大がかりな修理をせねばならない。また、反射鏡やレンズが落下して割れてしまうと厖大な損失になる。地震によってこういう破壊を起こさないように設計する必要があるんだ」

「このカップとボールの構造で、揺れを吸い取ってしまうというわけですな」

久重が図面に目をこらした。

「そうだ。だがこのシステムを東京湾の灯台で試してみたところ、まず一つ不具合があることがわかった」

「それはいったいどういうものですか？」

「この装置があると、灯台守がランプのメンテナンスをしようとしてフレームに乗った時、グラグラするんだ。そうすると、レンズの調整など細かい保守作業ができず、困ることになる」

「イギリスの灯台ではどのようにしているのですか？」

「イギリスにはほとんど地震がないし、あっても小さいから、こういう耐震装置はついてないんだ」

「つまり、この設計は日本の灯台専用というわけですね」

「ああ。スティーブンソン兄弟が知恵を絞って考えてくれたんだが、なにせ実施例がなかったものだからな……」

リチャードは腕を組み、続けて言った。

「揺れが予測より大きすぎたんだ」

部屋が一瞬、しんと静まりかえった。

「とにかくメンテナンスの件もあるし、このままでは駄目だということは確かだ。何か新たに地震を防ぐ工夫を考えないといけない」

リチャードは唇を噛んだ。これから灯台をいくつ造るにしても、耐震システムがなければ日本の大きな地震でたやすく壊れてしまうだろう。難問だった。

石黒が口を開いた。

「日本の建築には竹が多く使われています。竹のたわみが地震を逃がす構造になっているのかもしれません」

「なるほど。確かに竹はよく使われているな」

リチャードは去年日本で携わった橋梁の建設を思い出した。

それは横浜の伊勢佐木町の吉田橋で、極めて単純な木造の橋であった。川の上にアーチ形状の二本の長い木材を渡し、その上に厚い板を直角に並べて貼りつけたものである。橋の両脇には竹製の手すりを釘で打ちつけてあるだけだ。風雨に弱く、五年ごとに掛け直さねばならないような、耐久性の低い橋だった。

リチャードは石を切り出してつくった橋桁を川の中に設け、格子型の骨組みを使った鉄橋（ラチス橋）を架け、耐久性を飛躍的に向上させた。

「竹や木材は使いやすいが、その反面、劣化していくということも考慮に入れねばならない。灯台は恒久的に使われるから、耐久性が必要だ。また竹や木を使うと火事になる危険性も増す。特に灯台はランプに火を使うから、竹は外壁として適さない。熱により変形もするしな」

「なるほど……」

石黒が頷いた。

「鉄はある程度たわみますから、細い鉄を用いて櫓《やぐら》を組むというのはいかがでございましょうか？」

中村がいった。

ジョーは「ヤグラ」という単語をどう英訳してよいかわからなかったようでしばらく時間がかかったが、「籠のような骨組み」と説明してくれた。ジョーは直訳できない単語があっても平易な言葉で言いかえて訳すのがますますうまくなってきている。気弱な態度もあまり見せなくなっており、頼もしかった。

リチャードは海を指さして中村に答えた。

「灯台は潮風に当たる。鉄は塩で錆びやすいだろう？　その上、日本の夏は高温多湿だ。鉄製にするとしても、細くてたわむものでは塗装がはがれやすく、すぐに錆びてしまう恐れがある。また、灯台守がフレームの上に乗れる強度がないといけないから、細い鉄材ではやはり難しいだろうな」

「……厄介ですね」

中村が腕を組んだ。

灯台建設はリチャードに課せられた急務である。この難問を短期間で解決しなければならない。できなければ日本の海はダーク・シーのままだ。

この問題は本当に解決が可能なのだろうか？

ふと横を見ると、久重が無言で図面を睨んでいた。

もしかしたら、この並外れた直感力を持つ男が何かヒントをくれるかもしれない。

「何かいいたいことがあるのか？」

期待を込めて聞いた。

「この構造は駄目ですな」

久重が首を振った。

「どういうことだ？」

リチャードは久重を睨んだ。

「今はうまくいってないが、これはスティーブンソン兄弟が知恵を絞り抜いて書いた図面だぞ。私はこれを改良して、ストッパーをつけようと思っていたんだ。メンテナンスのときだけフレームにストッパーをかければ、照明台は安定し、灯台守も作業しやすい」

「なるほど。メンテナンスができるなら、あとは強い揺れを吸収する仕組みを作ればいいわけですね」

中村がいった。

「そうだ。しかしタナカがいうようにこの設計自体がだめなら、策がないということになる」

だが、久重は冷徹に否定した。

「この構造では横の揺れしか吸収できませんな」

「なんだって？」

リチャードは図面に食いついた。

「よく見ろ。このカップとボールでちゃんと揺れが吸収できるではないか」

「だからそれは横の揺れに対してだけです。私がいうのは地震の縦の揺れのことでしてな。先ほどの地震を思い出してくだされ。最初にまず、突き上げるような動きが地面の底から来たでしょう」

いわれてリチャードは思い出した。最初にドーンという衝撃があったとき、カップの紅茶が上に跳ね上がったことを。

「そんなことが……」

「地震が起こったときには、まず縦の衝撃が来る。その後しばらくして横に揺れる……。この構造では横の揺れに耐えられても、最初の縦の揺れに耐えることはできませんわい」

「むう」

リチャードは唸った。確かに久重のいうとおりだ。照明台は横揺れに合わせて地面と平行に動くことはできるが、縦の衝撃に対してはただ跳ね上げられるだろう。だから先程の揺れでフレームがずれてしまったのか――。

さらにあることを想像して鳥肌が立った。

実は縦揺れの方が横揺れより衝撃が強いのではないのか？

「この設計では、駄目か？」

「駄目でございましょうな。この装置自体は良い発明だと思いますが……」

「そうか。打つ手なしだな」

ジョーに行って煙草を持ってこさせた。火をつけて煙をくゆらす。

「いや……。面白いですな」

久重が言った。

「何が面白い？」

リチャードは不機嫌に聞いた。

「これは失礼……。難題を見つけると、つい面白くなってしまうたちでしてな」

久重がうれしそうに白髭を手で撫でていた。目が輝いている。

「面白い、か」

なんという自信であろう。自分は必ず解決できると信じている目つきである。現に久重は、今までどんな難問も自らの力で解決し、生きてきた。

思えばリチャードも昔はそうだった。自分にはできないことなどないと信じていた。会社の人間関係で行きづまるまでは。

（そうか、今は自由なのだ）

リチャードは思った。日本に来て、あの胸が重くなるような上司とのしがらみはなくなった。今、目の前にあるのは、技術的課題のみである。コールタールのような人間関係ではなかった。それなら自分はいかなるものでも解決できる腕があるのではなかったか。

「よし。やるか！」

煙草を灰皿でぎゅっと消し、勢いよく立ち上がって久重を見た。

「やりましょうぞ」

久重の目から光があふれた。

「難問こそが人生の喜びですわい」

それを聞いて思わずリチャードは笑った。

ジョーもまぶしそうに久重を見ている。

ここには自分を階級で判断しない技師たちがいた。後進国の技術者とはいえ、純粋なやる気に満ちた男たちだ。

もしかすると、彼らこそ本当の仲間ではないのか？

リチャードは久重たち三人を見た。すると彼らもまっすぐ見返してきた。

何か気恥ずかしい気もしたが、胸の奥から湧いてくる喜びがあった。

この男たちと連携して立ち向かうのは、今まで誰も成し遂げたことのない灯台の耐震技術だ。

体に力が満ちてくるようだった。精神が透明に澄みわたり、なんでもできるような気がした。

「タナカ。今夜、長崎の有力者が集まるパーティーが開かれるのだが、君も来ないか」

ぜひ彼を伊藤やパークスたちに紹介したい。こんな才能が日本の片田舎にいたのだと知らせたかった。

しかし久重は首を振った。

「遠慮しておきますかのう」

「なぜだ？　君は英語だって流暢に話せるではないか？」

「そういうことはその……つまらんのですな」

久重は心苦しそうにいった。

「ああいう場で、なぜみな天気の話や世間の噂話に興じられるのかとんとわかりません。私はただからくりの話だけをしたいのです。社交場など、時間の無駄とは思われませんかな?」

11　丈太郎

「ヘンリエッタ、君も行くのか？」

廊下でヘンリエッタとばったり会った丈太郎は目を見張った。

ヘンリエッタはワインレッドのパーティードレスを着ており、普段の彼女とは見違えた。両肩を出し、いつも三つ編みにしている髪は、薔薇の形をあしらった髪留めで頭上にまとめられ、横毛はゆるく巻かれてセットされ胸の上におりていた。ヒールつきの黒いエナメル靴を履くと、丈太郎の顎のあたりまで頭が届く。

ヘンリエッタのそんな装いを見るのは初めてだった。

「当たり前でしょ。ちゃんとエスコートしてよね」

「迷子にならないようにな」

冗談めかしていったが、彼女の美しさから目が離せない。

「ジョーこそ。そそっかしいところがあるんだから」

ヘンリエッタはくっくと笑った。そういうところはまだ子供っぽいところもあり、丈太郎はほっとした。

「ジョー、あなたも支度なさい」

エリーザが注意した。

「えっ、僕はこれでいいです」

丈太郎はいつもの船員用の外套とポケットのたくさんついたズボンを履いていた。共に外国船のクルーから使い古しを譲ってもらったものである。一応、洗濯はしてある。

「だめよ、そんなカジュアルな恰好は。ほらこれを着て」

エリーザが右手に持ってきた服を丈太郎に見せた。

それはグレーのスーツだった。

「そんな……これを僕に？」

立派な英国風の仕立てを見て驚いた。

「ええ。夫が作ってやれって」

「サー・リチャードが？」

丈太郎はびっくりした。今まで何人かの外国人の通訳についたことはあるが、こんなことをしてもらったのは初めてだ。

「日本人の技術者と知り合えて楽しかったみたい。彼をいつも助けてくれてありがとう、ジョー」

役に立ってない、という言葉を丈太郎は飲みこんだ。我知らず涙が瞼の奥にあふれていた。

「僕はそんなに……」

「あら、気に入らない？」

「いえ……、素晴らしいです」

「彼が若いころ着ていたものを仕立て直したものだから、ちょっと流行遅れなんだけど……」

「十分ですよ、ミセス」

「あら、エリーザと呼んで。二ヶ月も一緒に暮らしていて、もう私たち、家族みたいなものでしょ？」

微笑んでいるエリーザを見た。こんなときはどうすればいいのか。ぎこちなく微笑んだ。

かつて自分をたらいまわしにした親族たちのことが浮かんだ。母が性病で死んだことを忌み嫌い、板間にすら上げてもらえず、玄関の隅や納屋で暮らした。いつでも自分は厄介者だった。

「さ、早く着てみて、ジョー」

「ええ……」

外套を脱ぎ、スーツに袖を通した。

「ほら、こっちに来て。見てみなさい」

エリーザが丈太郎を鏡の前まで連れていった。

「うわ……」

丈太郎は胸が弾むのを抑えきれなかった。

「……こんなの初めてです」

ひょろ長い体を、艶があるスーツが覆い、まるで本物の紳士になったような気がする。

エリーザの仕立てはうまく、体にぴったりと合っていた。いつもは引け目を感じる目の色も、スーツを着ればそれほど気にならなかった。

「ワオ！　これ、ほんとにジョー？」

のぞきに来たヘンリエッタが目を丸くした。

丈太郎は自分の顔が赤くなるのがわかった。

「素敵！　ちょっと早いクリスマスプレゼントね」

「似合うわ。私の腕も鈍ってないわね」

「ありがとうございます、ミセス……、いえ、エリーザ」

エリーザは暖かい笑顔を浮かべた。

「馬車が来たみたいよ。行きましょ」

ヘンリエッタが腕を組んできて、一緒に歩きドアを開けた。

長崎居留地で行われているパーティーにはリチャード始め、近くに滞在している各国のお雇い外国人、公使、外資の経営者が来ていた。また日本の高官たちも多数招待されている。

大きな話の輪の中心にはアーネスト・サトウがいる。

グラバー商会を率いるトーマス・グラバーの姿もあった。

テーブルには贅をこらした料理や色とりどりのカクテルが並んでいる。

丈太郎が華やかな客たちを眺めて歩いていると、大きな男とぶつかった。

「すいません、ミスター」

「ふん。気をつけろ」

男は尊大にいい、急ぎ足でワインを取りに向かった。

丈太郎は呆気にとられてその大男を見送った。

12　リチャード

見知らぬ田舎での退屈な生活にすっかりしおれていたエリーザだったが、今日はここぞとばかりに着飾ってパーティー会場に入った。旧知の婦人たちを見つけると、すぐにそちらへ早足で向かう。浮き浮きしているエリーザを見送ってリチャードは少しほっとした。

ハリー・パークスの姿を探しながら歩いていると、伊藤博文と話しているのが見えた。

「お久しぶりです、パークス卿」

「リチャード、やってるようだな」

力強い握手を交わした。パークスの髪は豊かで、もみあげの下半分が大きく膨らんでいる。笑顔でも眼光は鋭く、発達した眼窩は深い知性をうかがわせた。

「ブラントンさん、どうですか調子は？」

伊藤も気軽に声をかけてきた。

燕尾服《えんびふく》を着た伊藤は髪を七三に分け、後ろになでつけている。恰幅が良く、柔和な顔立ちで口元に微笑みをたたえていた。

「アンガス号が故障して視察も足止めだよ」

リチャードは肩をすくめた。

「はは、また悩まされてるようですね」

「君が早く工部省に入ってくれないと、満足に動くこともできん」

「頼みますよ、ミスター伊藤。私が動きすぎるのも何かと目立ってしまってね」

パークスも口添えしてくれた。

彼は幕末期から幕府や朝廷と力強く交渉し、その手腕は一目置かれ、明治政府内に対しても厳然たる力を持っている。しかし、政府内にはかねてから外国人に敵意を抱いている者もおり、あまりに口を出すのも政治的に具合が悪いらしい。

「あと少しの辛抱です。私が工部省の長に就任したあかつきには、困ったことはなんでもいってください」

「頼みます」

ようやく頭の固い役人から解放されそうで、伊藤の着任が待ち遠しかった。

「ブラントンさん、ところで今は?」

「ああ、伊王島の灯台を見ているんだが、ここにきて初めて地震に遭遇してね。その対策を考えているところだ。頭が痛いよ」

「なるほど、イギリスではあまり地震はないですしね」

「そうなんだ。まったくあの揺れには命の危険さえ感じたね。ああ、そうだ！　今、面白い日本人と仕事をしているんだが、田中久重という技術者で……」

「田中久重ですか⁉」

伊藤は驚いたようにいった。

「知っているのか？」

「もちろんです。あの男が造ったアームストロング砲のおかげで佐賀藩は維新に乗り遅れずにすんだといっていい」

「ほう、やはりすごい男なんだな。私も会って驚いたが、彼は一を聞いて十を知る男だ。実は彼に耐震の知恵を借りようと思っていてね」

「それはいい。力を合わせて、ぜひいい灯台を造ってください」

脇から知己に声をかけられ、伊藤は会釈して去った。

「彼がちゃんと灯台を見てくれるなら私の出番は減りそうだな」

伊藤の背中を見送って、パークスが茶化した。

「いえ、まだまだ卿のお力が必要です。地震の他に、灯台の燃料貯蔵の問題もあるのですが、これをなんとか……」

「そう仕事の話ばかりするな。今日はパーティーだぞ？　ウイスキーでもどうだ？」

「はは、これは失礼しました。最近、勤勉な日本技術者につきまとわれていましてね。彼らのペースに毒されてしまったようです」

リチャードはテーブルの上のウイスキーを二つとると、一つをパークスに渡した。

「リチャード、ご家族は元気か？」

「ええ、今日は娘も連れてきました。あそこです」

ヘンリエッタは近くにいた。

「おお、美しいお嬢さんじゃないか。奥さんの血を引いたかな。……あの隣にいる少年は誰だい？」

「あれは私の通訳です。まだ若いですが優秀で、重宝していますよ。おい、ヘンリエッタ！」

声をかけるとヘンリエッタが振り向いた。

「なに、パパ？」

「パークス卿だ。ご挨拶しなさい」

「はい」

ヘンリエッタはジョーと共にやって来た。

「はじめまして。ヘンリエッタ・ブラントンです」

「ハリー・パークスです。あなたのお父さんには大変お世話になっていますよ」

「どういたしまして」

ヘンリエッタは上品に微笑んだ。

「日本はどうかね、ヘンリエッタ」

「サシミというものを食べましたが、大変おいしかったです」

「ほんとかね？　あれは非衛生に見えてどうも手が出なかったんだが……」

「勇気がないんですね、パークス卿は」

ヘンリエッタはやや得意そうな顔をした。

「おい、ヘンリエッタ……」

リチャードははらはらして娘の肩を抱いた。

「なに、パパ？」

「行儀よくするんだ」

「してるわよ？」

「……」

「将来大物になりそうですな、こちらのお嬢さんは」

パークスが笑ってリチャードの肩を叩いた。

ジョーがその後ろで、かしこまっているのが見えた。

「パークス卿。彼が通訳のジョーです。さ、ご挨拶を」

いわれて、ジョーは緊張を滲ませつつ挨拶した。

「はじめまして、パークス卿。いい夜ですね」

「ああ。役に立ってくれているようだな」

「光栄です」

パークスはジョーと握手した。

「その目……、君は欧米の血が入っているのかね？」

「はい。父がイギリス人です」

ジョーは目を逸らさずにパークスを見つめた。

「ほう、そうなのか！　これは驚いた。見た目は日本人なのに、我々の同胞じゃないか」

「は、はい！」

「父君はどこにおられる」

「それは……。今はイギリスにいます」

「そうか。君のような息子を持ってさぞかし誇りに思っているだろう。これからもリチャードを助けてやってくれ。頼むぞ」

「はい、サー」

リチャードは固くなっているジョーに声をかけた。

「さあ、パーティーを楽しんで来い。ヘンリエッタを頼むぞ」

「はい」

ジョーは軽く頭を下げると、ヘンリエッタを連れてデザートのコーナーへ歩いて行った。

「リチャード、彼の父親には何かあったのか？」

「それが、どうも海軍にいたらしいんです」

「海軍に？」

「二〇年ほど前、浦賀へ測量に来たらしいんですが、父親はそのときの脱走兵のようで」

「ほう……」

「彼が幼い時には一緒にいたようですが、やがて国が恋しくなって帰国してしまったようです」

「しかたのないやつだな……」

パークスは腕を組んだ。

「でも彼は英語を教えてくれた父親を尊敬しているようです。将来は英国で仕事を見つけて暮らし、父を捜したい、と」

「脱走したのなら、はたして見つかるかどうか、な」

い。

「……難しいかもしれませんね」

リチャードはウイスキーのグラスを傾けた。

最近ますます熱心に働いてくれているジョーに、何か明るいニュースを届けてやりたい。

「彼に英国籍は取れるでしょうか？」

「残念ながら無理だろう。出生地が英国であれば可能性はあるが、日本ではな……。君も知っていると思うが、市民権を得るには家系や人柄、そして英国への貢献度が考慮される。七、八年前だったか、一人だけジョン・マシュー・オトソンという名で、日本人が英国籍に帰化したと記憶しているが、彼は清との戦争（アヘン戦争）で英国兵として働いた。しかしジョーのように脱走兵の息子というのではな」

「やはり無理ですか」

「だがイギリス人と結婚すれば話は別だ」

パークスはにやりと笑った。

リチャードははっとして若い二人を眺めた。

「まさか……」

「ふふ、父親というやつは心配が絶えないものだな」

パークスがからかった。

「ところで英国から連れてきた君の助手はどうしてる？」

「彼らは今、大阪で淀川の砂洲の測量を行っています」

「ああ、喫水の深い貿易船を入れられるようにするという計画か」

「ですが、日本の役人と衝突しているようです。なぜ彼らはいつも間違っているとわかっている方策を強引に押し進めようとするのか……」

「日本の役所では一度決めたことは覆らないからな」

パークスはパーティー会場の日本人たちを見た。

「なんでしょうね、あの頑迷さは」

「本当にな。上役の一存に異議を唱えると左遷される。下の者はおかしいと思っても意見することはない」

「どうしても合理的に考えることはしないのですね……」

「彼らにとって大事なのは『思い込み』なんだ。できると思えばできるというね」

「えっ？」

「たとえばこの国が鎖国しているとき、彼らは断りさえすれば、列強は開国を迫らないと思い込んでいた。頭で思えばそれが現実化すると信じているんだな。かつてこの国が蒙古（モンゴル）によって攻められたとき、神風が吹いてその異国の船団を沈めたそうだが……。つまり日本人には神が後ろ盾についているから、困ったときでも真剣に思い込めば、神が何とかしてくれるという考えがある。そのような思想は簡単に変えられるものではない。黒船に脅されて、日本人は初めて慌てたんだ」

「難しいものですね」

文化や宗教が違えばここまで違うものかとリチャードは思った。

「役所を動かすには一番上を動かさねばならない。下の者は上の者のいうとおりに動く。封建的だな」

「そうですね。わかります」

「面白いことに清国とはまるで違う。あそこの庶民は政府のいうことなどまるで信じていないし、従うふりをしているだけだ。暴動も多い」

「日本の技術者たちは勤勉で真面目ですが」

リチャードは久重たちのことを思い浮かべた。

「いいことだ。ただ、政府の上の方は、雇った外国人たちを使い捨てにしようと思っているらしい。まだ十分に技術を習得できていないのに、ある程度目処がついたら、日本人の手に引き渡せとすぐにいう。それが彼らのプライドなのかもしれないが」

「外国人に教えられることを恥と感じているのですね。灯台の貯蔵燃料についても、こちらは経験から一年分必要だといっているのに、もったいないから半年分でよいといって譲りません。灯台はたいてい隔絶された場所にあるため、補給船で燃料や食料、資材などを届けなければならないのに……。それがわかっていないのです」

「よし。それは掛け合ってみよう」

パークスは力強くうなずいた。

「ありがとうございます」

「パークス卿、お久しぶりです！」

後ろから佐野常民《つねたみ》の声がした。

何かパークスと内密で話したいことがあるらしい。

リチャードは軽く会釈して彼らから離れると、料理のテーブルに歩み寄ってローストチキンの残りの皿に手を伸ばした。

その瞬間、皿が奪い取られた。

「む？」

横を向くと、大男が皿を持っていた。

「お前は……」

「相変わらずタイミングの悪いやつだな、ブラントン」

「ヴェルニー⁉　なぜここにいる？」

大男はフランスの灯台技師レオンス・ヴェルニーだった。

「フランスから戻って来たのさ。横浜に帰る前に、長崎の造船所についてアドバイスをった。


「頼まれてな」

ヴェルニーは尊大に髭を撫でた。タヌキのような垂れ目の下に見える唇は、いつも皮肉に歪んでいる。

彼は上等な生地を使ったタキシード姿で、ワインを片手に酔っているような口ぶりだった。

リチャードはこの男が最初から気にいらなかった。

「ブラントン。本国から逃げてきた感想はどうかね？」

むっとした。この男はイギリスを飛び出してきた事情を、誰からか聞き込んできたようだ。

「ちゃんとやることはやっているさ。あんたのような急ごしらえの灯台を造る気もない」

「はっ。にわか仕込みで灯台技師気取りか。お前に、まともな灯台が造れるのかね？」

「少なくとも、フランス式のちぐはぐな灯台にはならないだろうな。あの煉瓦はパリの歪んだ石畳がモチーフか？」

「なんだと？」

ヴェルニーの眉が上がった。

「灯台は質実剛健であればいい。なぜ今さら時代遅れの煉瓦造りにする必要がある？」

「装いの仕方も知らん野暮なイギリス野郎に、風雅な建築のことをいっても無駄さ。まるで原始人だな、お前は」

「誰が原始人だ！」

リチャードも頭に血を上らせて、歩み寄った。

ヴェルニーも目をそらさない。

百年戦争（一三三七―一四五三年）以来、イギリスとフランスは犬猿の仲だ。イギリスはもともと自分のところの領地だったという考えがフランスにはある。

そのイギリスが植民地政策で世界に覇権を広げ、フランスをリードしたことで余計に腹を立てている。日本の幕末においても、イギリスは薩長につき、フランスは幕府側について争った。

リチャードはヴェルニーとさらに毒づき合って、いよいよつかみ合いのケンカになりそうだった。

目の端に、ジョーが仲裁に入ろうかどうか逡巡しているのが見える。

しかしその前に一人の男が割り込んできた。

「まあまあお二人とも……」

力強く止めたその男の目は鋭く、鷹を思わせた。

佐賀藩士、江藤新平である。

佐賀の七賢人とも呼ばれ、明治新政府の官吏としても活躍している彼は、江戸を東京という名前にした男でもある。

「今宵は友好パーティーですよ」

江藤が太い唇でにっと微笑むと、ヴェルニーはいまいましそうに舌打ちした。

江藤は軽く会釈し、リチャードの腕を引いて窓際に連れていった。

ジョーがさっと寄ってくる。

「佐賀藩の江藤新平です。久重たちがお世話になっているようで」

江藤は頭を下げた。

「ああ、あなたも佐賀藩の……。彼らは大変熱心で感心します」

ようやく冷静さを取り戻して答えた。

「日本は一日も早く欧米に追いつかねばならんと思ってます」

江藤は、よく通る声でやや早口にしゃべった。頭の切れる男のようだ。

「しかし、政府は改革ばかりに気を取られ、貧苦に喘いでいる庶民もいるようですな」

リチャードは伊王島村の漁師たちの貧しい暮らしを脳裏に浮かべていった。

「なあに、人智は空腹よりいずるのです」

それが江藤の口癖であった。

「ふむ……。ハングリー精神ですか」

「もちろん、四民平等は実現されねばなりませんがな」

リチャードはテーブルの上に並んだ豪華な料理を見て腕を組んだ。ヘンリエッタのいっていた漁師の食事の話を思い出す。彼らの食卓は質素で、魚は頭から骨、皮まで残すことなく食べるという。

日本人は万物に神が宿るという思想を持つと聞いたことがあるが、パークスは神が後ろ盾になっているともいっていた。しかし、灯台の基礎工事にやってきた村人たちはみな痩せていた。

リチャードにとっての神はキリストである。妻は信心深く、毎週日曜日には居留地にある教会、大浦天主堂に通っている。

（そういえばもうすぐクリスマスか）

リチャードは思った。

13　丈太郎

「楽しんでいるか？」

リチャードとヴェルニーの喧嘩が落ち着いて、ほっと安心したとき、後ろから声をかけられた。

「えっ？」

「君はリチャードの通訳だろう？」

「はい……。あの、あなたは？」

「私は伊藤博文というものだ。リチャードとは昵懇《じっこん》でね」

「お名前はお聞きしています。私は丈太郎といいます」

確かリチャードが「日本人の中にもいい奴がいる」といっていた人だった。

その穏やかそうな顔を見て、思い切って聞いてみた。

「あの、アーネスト・サトウさんから聞いたのですが、イギリスに留学されたのですよね。かの国はどのようなところでしたか？」

「ふふん」

伊藤は楽しそうに微笑んだ。

「あれは別世界だよ。ほとんどの道は舗装されているし、美術館がやたら多い。人柄も日本と全然違う。庶民の一人一人までが自分の意見を持ち、それを強く主張することが当たり前になっている。日本の民衆のようにたやすく迎合しない。政策もお上が全てを決めるのではなく、民主主義というシステムで合議されている。革新的な考えだよ、君。まあ雨が多いのには少し参ったが、実に良い経験だった。君もイギリスに興味があるのか?」

「はい。政治的にも技術的にも、もっとも進んだ国だと聞いています」

「まずは行ってみることだな。人に聞くより、自分の目で確かめるのが一番いい。ま、これは吉田松陰先生にもよくいわれたことだがね」

「たしか伊藤さんは松下村塾に通われていたんですよね」

「ああ。高杉晋作、桂小五郎、山県有朋……。人物が多かったよ。皆、いち早く外国へ行こうとしていた」

伊藤は何かを思い出すような遠い目をした。

「留学はしたいですが……手続きが全くわかりません。費用もどれくらいかかるのか……」

「ちょっと前は外国船に頼んで密入国したもんさ。まず行くことだよ。君は英語はしゃべれるんだろう？　それに……」

伊藤が丈太郎の目を見た。

「はい、父はイギリス人です」

「なら話は早い。ますますイギリスに行くべきだ」

簡単にいわれ、少しむっとした。自分は銀のスプーンをくわえて生まれてきたわけではない。

「あなたのように、武士に生まれれば、僕だってもう英国にいたことでしょう」

やや語気荒くいった。

「武士だって？　私が⁉」

伊藤が大笑いした。

「えっ？　だってそうでしょう。さもないと維新に関われるはずもないですし……」

「なあ。君は勘違いしているみたいだが、私は農家の子だよ」

ようやく笑いを収めると伊藤はいった。

「それでも松下村塾では身分の区別なく教えてくれてね。木戸さん（孝允《たかよし》、桂小五郎）が目をかけてくれなかったら、私は世に出ることはできなかっただろう」

「そうだったのですか……。失礼しました。てっきりあなたは武士の出かと」

「まあ、父が士分に養子に入って、後継ぎになれたからね。運もあったんだろう。私が今の地位にいるのは勉学と人脈と運、この三つのおかげだよ」

伊藤はウインクした。

「勉学と人脈と、運……？」

「そうだ。もはや士農工商の時代は終わった。いまだ出自にこだわる者もいて、私も足を引っ張られることはあるが、それはナンセンスだ。これからは才能や実力のある者が抜擢される。私たちがそういう風に国を変えていかねばならない」

「国を変える？」

壮大な話に頭がくらくらした。

伊藤が武士でなかったことにも驚いたが、身分を問わず活躍できる国にするという話にも感銘を受けた。この国は今、恐ろしい速さで変わりつつある――。

灯台や鉄道、電信などの科学技術だけではなく、外国の知識や思想を取り込むことによって、人の在り方にも変化が生じていた。そのもっとも劇的に変化している部分を、今、目の当たりにしている。

「私がイギリスに行った頃はろくに辞書もなくてな。〈英和対訳袖珍《しゅうちん》辞書〉というものを持っていったが、間違いだらけだったよ。実地で覚えるしかなかった」

ロンドンで、伊藤は化学者のアレキサンダー・ウィリアムソンの邸に滞在し、英語や礼儀作法の指導を受けた。また、博物館や美術館に通い、海軍施設や工場なども見学して見聞を広めることに努めた。

「僕も早く行ってみたいです」

伊藤の話を聞くと、丈太郎は焦燥感に苛まれた。

「しかし通訳というのは難しい仕事だ。意味だけでなくニュアンスも伝えねばならない。私も高杉先生の通訳だったからわかる。残念ながらアーネストほどの弁舌はなかったがね」

伊藤は、にっと笑った。

「呼んだかい？」

「えっ？」

伊藤が振り向くと、当のアーネストがウイスキーのグラスを持って微笑んでいた。

「アーネストさん！」

丈太郎は久しぶりに彼の人懐っこい笑顔を見た。

「坊や……といってはもう失礼かな。見違えたね」

「なんとかやっています。アーネストさんにいわれたことがようやくわかってきました。通訳は本当に難しいって……」

アーネストがにこっと笑った。

「何もわかってないということがわかってやっと一人前さ。この伊藤なんか未だに怪しいものだが」

「おいおい、アーネスト……」

急に話を振られて伊藤が慌てた。

「伊藤にもジョーのような素直さがあればなぁ」

アーネストが首を振って両手を広げた。

「君、気をつけろ。日本人はこんなに軽薄になってはいかんぞ」

「何をいう。君たちが政治の話ばかりしているからご婦人方が退屈してるじゃないか。さて、僕がお相手をしてくるかな」

アーネストはいうだけいって、美しく着飾った女性たちのところへ弾むように歩いて行った。

「彼ほどパーティーで生き生きしている者はいないかもしれないな」

伊藤が苦笑した。

「伊藤、何やら楽しそうだな」

江藤新平が伊藤に声をかけてきた。

「これは江藤さん。今度は佐賀藩の着座（準家老）になられるとか。ご出世ですね」

「そういうお前は工部省を統括するそうだな。お互いもう、暴れにくくなったのう」

江藤が笑った。

「いやいや、あなたはまだ何かやりたそうな顔をしておられます」

二人は肩をたたき合った。

江藤がふと丈太郎を見た。

「この男は誰だ？　目の色がちょっと違うようだが」

「ああ、ブラントンの通訳ですよ。父親がイギリス人らしくて」

丈太郎は頭を下げた。

「それは変わり種だな。しかしこれからの時代、こういう男もどんどん増えてくるだろう。世界は思ったより近い。鎖国など愚の骨頂だったわい」

江藤は悔しそうにいった。

「しかし、この男は面白いんですよ。イギリスに住んで働きたいそうです」

伊藤がいった。

「ふむ、昔そんなことをいってたやつがいたな。あれは誰だったか……」

「そうです。こいつは坂本さんにちょっと似てるんですよ」

伊藤は丈太郎の頭をぽんぽんと叩いた。

「そうじゃ！　そういえば面構えも龍馬に似とる！　髪もくりくりしとるしのう。わっはっはっ」

　江藤が豪快に笑った。

「あいつもやたらと外国に行きたがっておったのう。生きていれば今頃、明治政府で活躍しとったのに」

　江藤は残念そうにいった。

　海援隊を組織し、薩長同盟を取り持った坂本龍馬は一昨年、何者かによって暗殺された。噂では幕府の手の者によって討たれたともいわれている。

「緑の目をした坂本龍馬だな」

　伊藤が楽しそうにいった。

　この後、伊藤は海軍を退役し、工部省の初代灯台頭に就任して、リチャードの灯台建設とも深く関わることになる。

「リチャードの仕事が終わったら、東京にたずねて来たらいい。力になってあげよう」

　伊藤が丈太郎にいった。

「えっ？　どうして僕にそんなことをしてくれるんですか？」

「いったろう。偉くなるには人脈と運が必要だと。君は今、両方をつかんでいる」

　丈太郎は目の前に、急にまぶしい光が差し込んできた気がした。

「行きます！　必ず東京に！」

上気した頬がストーブのように熱くなっていた。

14　リチャード

パーティーの翌日、リチャードが目を覚まして台所に降りると、エリーザがチキンをオーブンで焼いていた。

クリスマスの朝である。

リチャードは妻がオーブンを閉めるのを待ってから声をかけた。

「エリーザ、今、米は一俵いくらなんだ？」

「たしか三円くらいかしら」

エリーザが、ピクルスの瓶を開けながら答えた。

「よし。米を一二〇俵ほど買いつけてくれ」

エリーザが目を丸くした。

「ええっ？　何をするんですか、そんなに米を買って？」

「今日は特別な日だろう？」

カヨの家の前に、米俵を満載した大八車が止まったのはその日の昼だった。

「ブラントンさんからお届けだよ」

配達人はいうと、米俵を三つ、玄関の間口にドサリとおろした。

「うそ！」

何事かと出てきたカヨは、仰天した。

「村中全員に配るんだってさ。いやあ、もう大変だよ……」

配達人は腰を叩き、汗を拭いた。

「お母さん！　お兄ちゃん！　大変よ！」

カヨは慌てて家に飛び込んでいった。

配達人は再び大八車を引くと、ウンウンと唸りながら土の道を進み始めた。


リチャードは書斎で海を眺めていた。

パーティーで江藤にいわれた四民平等という言葉が心に残っている。

イギリスでは階級の違いで嫌な目にもあった。しかし日本に来てもまた人種の違いによる軋轢《あつれき》がある。

もともと自分は何のために働いているのかと思う。

しかし久重の言葉にヒントはあった。

「難しいから面白い」と。

確かに自分もそうだ。

いつしかイギリスの上流階級を見返すことが目的となっていたが、それは貧しい考えではないだろうか。低いレベルに落ちてはいないか。

灯台建設では、伊王島近くの村人たちが工夫《こうふ》として雇われ、懸命に働いてくれている。完成すれば彼らの漁も安全になるだろう。

(労働とは、まわりの人を幸せにするためにあるのではないか)

そう感じると、お雇い外国人の高額な報酬をためこんでいるのが急にばからしくなった。イギリスでなくても、自分はどこでも働ける。

「あなた、紅茶が入りましたよ」

ノックの音とともにエリーザが顔を出した。普段は書斎に入ることを遠慮しているが、今日はずかずかと入ってきた。

「お米は全部配達したわ。無料で配るなんて、いつからボランティアに目覚めたの?」

「日本人はサンタクロースを知らないと思ってな。いいじゃないか。我々がここで過ごすのに、大して費用もかからん」

「わがままなんだから!」

エリーザの口は悪かったが、機嫌はいいようだった。

ヘンリエッタの痛みを長庵に取ってもらって以来、その話が面白おかしく村に広まり、エリーザと村の人々との話も少しずつ弾むようになっていた。話の難しいところはジョーが通訳してくれる。ニキチやカヨも、屋敷に遊びに来るようになった。

(イギリスでの私怨は忘れよう)

リチャードは思った。


夕方になると、屋敷に続々と村の人々が集まり始めていた。手に手に野菜や魚を持ってきている。

「リチャードさん、ほんとにありがとうごぜえました!」

村人たちがリチャード一家に頭を下げ、口々に礼をいう。

「灯台の工事では皆によく働いてもらったからな。そのお礼だ」

ジョーがそれを訳すと村人たちは歓声を上げた。

後ろの方にはカヨとニキチをいじめていたガキ大将のグループもいる。

「悪口いってごめんよ、天狗さん……」

おそるおそる声をかけてきた。

「私、ヘンリエッタっていう名前があるの。でも気にしないで。知らない者同士では、きっと誤解ってあるから」

「そうだな、リエッタ！」

「ヘンリエッタよ！」

いじめっ子たちは口々にヘンリエッタを呼んだ。笑顔が広がる。

そばにいたニキチが、えらそうにいった。

「こいつらみんな、本当はヘンリエッタが好きなんだよな。なあ？」

「おい、お前もだろ！」

ガキ大将が憤慨して答えた。

「な、何いうんだ！」

ニキチは真っ赤になって声を上げた。

大人たちそれを見て笑った。

そこにエリーザが大きな皿を手に出てきた。

「さあ、みなさん、召し上がって」

エリーザは庭のテーブルにフィッシュ&チップスの大皿を置いた。

「これが噂の天ぷらか！」

村の子供たちが声を上げ、てっぺんの一つを素早く頬張った。村人たちはどうしたものかと、じっと眺めている。

「さあ、どうぞ。ご遠慮なく」

リチャードの言葉で、村の人々もおずおずと手を伸ばした。

「おお、これが異国の食べ物か……」

「これはうまい！　頬が落ちる」

エリーザはチキンやパイなど、どんどん料理を出した。

村人たちは、初めて見るイギリスの料理に夢中になり、あっという間に皿は空になった。

「料理は人の心を結ぶのね」

エリーザがリチャードの手を握っていった。

「うまいものを目の前にしては、イギリスも日本もないからな」

リチャードは楽しそうな村人たちを見た。

人種や文化、言葉が違いこそすれ、舌のつくりは同じはずだ。また、好い風景を見たら気持ちがよくなり、流麗な音楽を聞けば踊り出す。根本は同じかもしれない。

「リチャードさん、お礼に今度は、わしらからアラ鍋を馳走させてくれんかのぅ」

リチャードのそばまできた高齢の村長が、皺の多い目をさらに細めて申し出た。

「アラ鍋？　ジョー、アラ鍋とはなんだ？」

「さあ、僕も知りませんが……。このあたりの郷土料理だと思います」

「よし。明日の夜に行くと伝えてくれ」

「はい」

ジョーが笑顔でそう伝えると村長は喜び、どんと胸を叩いた。

「村の自慢の料理ですから腹をすかして来てくだせえ」

リチャードは頷いた。

明日は久重の家にも招待されている。夜は久重たちも宴会に連れて行ってやろう、と思った。


翌朝、日の出と共に馬車で出発し、昼前には久留米にある久重の家についた。大きな瓦葺きの家である。細かい木の格子のついた引き戸を叩くと、すぐに久重が出てきた。

「これはどうもリチャードさん」

笑顔で出迎えてくれる。

「下男はいないのか？」

「年寄り二人の暮らしですから、さっぱりしたもんですわい。さ、どうぞ」

久重はリチャードとジョーを伴って玄関に入った。

その足には相変わらず、互い違いの草履を履いている。

「タナカ。草履くらい左右で揃えたらどうだ」

「なぜですかな? 片方の鼻緒が切れても残った方はまだ使えますゆえ」

話を聞いていたジョーが吹きだした。

中に入ると、部屋にはさまざまなからくり仕掛けが置かれていて驚いた。大型の大砲のようなものから、小型の炉、旋盤がある。大きな屋敷かと思ったが、どうも倉庫まで兼ねているようだ。

からくり人形の部屋には、人間と同じ大きさの人形もあったが、何やら恐ろしくて動かしてみるのは憚られた。

居間に通されると、すでに中村と石黒が来ていた。二人で置き時計のようなものを熱心に見ている。

「それはなんだ?」

入って尋ねた。

二人はリチャードの到着に気づき、頭を下げた。

「どうもリチャードさん。これは暦付きの時計です」

中村が言った。

「時計にカレンダーがついてるのか?」

「ええ。私も久しぶりに見たのですが、全然日時が狂っていませんよ」

「しかし……、時計が六つもついているじゃないか」

「これは万年自鳴鐘《まんねんじめいしょう》と名づけたものでしてな」

部屋に入ってきた久重がいった。

「一年に一度、ゼンマイを巻くだけで、昼夜、季節の区別なく、時間は狂いません」

田中久重のからくりの集大成がこの万年自鳴鐘である。高さは六〇センチ、重さ三八キロで中心部は六角柱の形状をしている。六面のそれぞれには和時計、洋式時計、七曜、二十四節気、十干十二支、月齢が埋め込まれ、天頂部には太陽や月の日周運動を示す天球儀（プラネタリウム）があり、日本地図の上空を星が動くという途方もないものだった。また、機能だけでなく、七宝や彫金、蒔絵などの優れた装飾が施され、美術・工芸品としても優れている。

リチャードは美しさと機能に驚嘆した。そもそも江戸時代の時刻は夏と冬で一刻の長さが異なる。それは、日が出ている時間を六等分して一刻とするからで、夏至と冬至では日照時間に五時間近く違いがある。それなのに一年を通し、季節に合わせて正確に時を刻むのであるから、途方もないからくりであった。

「何か執念のようなものを感じますね」

ジョーもプラネタリウムを熱心にのぞき込みながらいった。

描かれた日本地図も単なる絵ではなく、粘土のような材料で盛り上げられ、立体的に作られている。

「今日は紅茶を用意させましたでの。お気に召すかどうか……」

久重が立ち上がり、台所からカップが五つ乗った盆を受け取った。

リチャードたちに配る。

「それでリチャードさん、灯台の高さの話ですがな」

落ち着くなり灯台の話だった。佐賀の三人の技術者がぐっと見つめてくる。

リチャードはいささかうんざりし、返事をしないで紅茶を飲んだ。

「ほう。アッサムのミルクティーか」

「はい。グラバーさんに取り寄せてもらいました」

「なかなかいいものだ」

リチャードはややくつろいだ気持ちになった。

それを見越したように、久重は丸まった図面を広げた。リチャードが書いたものを以前彼が写した、日本語の解説入りの灯台設計図である。

「本当にこの高さなら水平線まで光が届くのですかな？」

「光は四〇キロメートルも照射できれば大丈夫なんだ。それ以上は地球が丸いので、船からは見えず、どれだけ光が強くても意味はない」

「地球は丸い……そうでしたね」

石黒が感嘆していった。彼は机上の知識としては知っていたが、実際にそれを応用する技術を目にしたのはそれが初めてであるらしい。

「運用上、注意する点はありますか？」

中村も細かく尋ねる。

「まずランプのガラス管の掃除が重要だ。灯明が不完全燃焼すると、ススがついて暗くなってしまう。いくら発光が強くても、ガラスが汚れていては沖に明かりは届かんからな。灯芯は一日に一度切り揃えればいいので、そのときにガラス管が汚れていないかチェックし、必要に応じて清掃する。また、反射鏡やレンズも定期的にみがく必要があるな」

「パラフィン油を継ぎ足す仕事もありましたね」

「本当は石油の方がいいのだが、なにせ石油は着火点温度が低い。灯台で使うと火災の元になりやすいんだ」

「灯台守の仕事は他に何があるのですか？」

「保守と点検、あとは……そう、孤独に耐えることが一番だな。灯台はたいてい人里から離れているため、他人に会うことが少ない。だから家族で住むのがいいだろう。イギリスの灯台守たちもそうしている。それでも灯台補給船の来るのが待ち遠しくてならないらしいが……」

「灯台守の家族が暮らすための生活必需品も、ストックしておかねばならないのですね」

「そうだ、最低一年分はないと、灯台の保守にトラブルが生じる。そうするように日本政府と交渉中だ。また、横浜に模擬灯台を設けて灯台守の実習訓練を近々開始する。各地の灯台は、最初はイギリスから来た灯台守に保守を任せ、徐々に日本人に切り替えていくことになるだろう」

ふと見ると、ジョーがノートにメモを取っていた。灯台の仕事に興味がわいたのだろうか。

考えてみると、最近は中村や石黒たちとの会話にも支障を感じなくなっている。最初は通訳をしているだけだったが、今では技師としての知識もかなり身につけているらしい。

「リチャードさん、地震の対策ですがな……」

久重が低い声でいった。

「それはまだ確定していない……。何かいいアイデアが浮かんだのか？」

期待をこめて聞いた。久重の発明を目の当たりにして、この男なら何かをやってくれる気がしていた。

「日本には古来より地震が多く、時には大地震もありましてな。その中で残っている寺院をいろいろ調べましたところ、やはり木造のしなりをいかしたものがいくつか現存しています。たとえば奈良の法隆寺……」

久重は美しい五重塔の絵を見せた。

「ふむ。しかし灯台には火事の恐れが……」

「はい。木造では無理でございましょうな。しかし奈良にはもう一つ、倒れずに残っている大きな金属の建築物があるのですわい」

「それはなんだ？」

久重はさらにもう一枚の絵を机の上に出した。

「これですな」

それはとても建築物といえるものではなかった。

「これは……仏像か？」

「東大寺の大仏で、銅像です。高さは四八尺五寸（約一四・七メートル）、基壇の周囲は三八間（約七〇メートル）……。ご覧になったことはありますかの？」

「いや、ない……。でも鎌倉のものなら見たことがあるぞ」

「これは鎌倉の大仏よりもう少し大きなものですが、地震が起きてもビクともしません」

久重がじっとリチャードを見つめた。

「なるほど、金属で造っても倒壊せぬ建築物か」

「さよう、今までは照明装置を可動にすることによって揺れを逃がすことばかりに気を取られてましたがの。この大仏はむしろどっしりと地面に根を下ろして揺れを殺しているんですな」

「なるほど……。つまり剛健であることによって、揺れに負けないということか」

「高さのある建築物の場合、揺れは上に行くほど増幅されますからの。日本の建物に平屋が多いのはそういう理由があるからですな。しかし大仏のようなどっしりとしたつくりなら、倒壊をまぬがれえる……」

「わかった！　つまりこれは……」

リチャードと久重は目を見合わせ、同時に口を開いた。

「台形！」

リチャードはさらに紙を取り出して、台形を描いた。上辺より下辺の長い台形は底部の揺れを上辺に伝えにくい構造となる。

「つまり、灯台は円筒ではなく、円錐に近い形にすればよいということか」

「イギリスの灯台もやや円錐形となっているそうですが、日本ではまだ足りぬでしょうな。つまりこうですわい」

　久重はリチャードの描いた台形の底辺をさらに伸ばした。

「うむ、それだな……。しかし、なんということだ。揺れから逃げるのではなく、立ち向かえばよかったのか」

「理屈ではそうなりますな」

　久重の瞳にも興奮の色が見えた。

「なるほど、この構造ならメンテナンスも楽だ。耐震装置にストッパーをかける必要もない。さっそく設計し直そう。なにせ耐震装置が不要だからな！」

　リチャードの頭に、新しい灯台の設計図がみるみる浮かんだ。

「しかしそれなら、灯台は煉瓦で造った方が良いのではないですか？」

　石黒が口を挟んだ。

「鉄よりたわまないからということか？」

「はい。石造りなら、さらに揺れに耐えるような気がします」

「確かに煉瓦を使うと頑健でデザイン性も良いが……」

　リチャードはアッサムティーを一口飲んで喉を湿らした。

「残念なことに日本の煉瓦製造技術では、まだ出来にムラがあって強度が不十分なんだ。前に横浜居留地の道路を舗装するとき、日本人の工夫たちに煉瓦を作らせてみたのだが、人によって仕上がりがまったく違った。日本人の大工がまだ煉瓦というものによく馴染んでいないからだ。そのような煉瓦を使うと、完成してもすぐ割れが出て、再び外からセメントで固める必要が出てくる。石灰も必要だし、手間がかかるんだ」

リチャードが煉瓦を作らせたときは、製造に関する説明書を大工に渡すだけでは駄目で、結局イギリス人の現場監督を必要とした。

しかし日本の役人は、外国人が日本人の上に立って指図することをなかなか許さず、その点でもリチャードは苦労した。

結局、知恵を出して、「外国人の現場監督は日本の総監督の補佐である」という名目でなんとか舗装工事を成功させたのだが。

今、灯台建設でまた煉瓦を使うとなれば、専用の現場監督を手配するところから始めねばならない。

「ではやはり鉄製でいくということですね」

「そうだ。それならば建物にひびが入ることもないし、鉄板は組み立てる前にあらかじめ工場で加工してある。骨組みの角度だけ変えれば斜度の急な円錐にできるんだ。煉瓦造りよりも早いし安定性もあるしな」

リチャードはふと、ヴェルニーの造った煉瓦造りの灯台を思い出した。あれには補修材の跡も見えなかった。大地震が来ると崩れるのではないか?

「東京の近くにはヴェルニーという男が急ごしらえで造った灯台があるが、あれは危ない。デザイン性のみを重視するとついつい必要な機能のことを忘れてしまう」

「しかし洒落っ気もある程度、重要ではないでしょうかな」

久重がふと口にした。

「そうか？　機能美を追求すると建物は自然と美しくなると思うが」

「いや、これは……」

久重は頭を掻いた。

「釈迦に説法でございましょうが、私はかつて興行師をしていた癖が抜けず、つい客の事を考えてしまいましてな。一つ、私のからくりをご覧ください」

久重は押し入れを開け、桐の箱を持ってきた。

「おなぐさみですが、私が二十歳《はたち》のとき、作りましたからくり人形ですわい」

箱から取り出したのは、「弓曳き童子」といわれる人形だった。

久重がゼンマイを巻いて操作すると、人形は繊細な動きをして自ら矢を射た。放たれた矢が少し離れたところに置かれた的に当たる。

「これは見事だ……」

リチャードは目を瞠った。人形の手が矢をつかむ不思議もさることながら、次々と放たれる矢が的の真ん中に当たる。どういう仕組みなのか。

よく見てみると、矢を取る位置は常に一定で、矢を引くというより弓を前に出すというような工夫が為されている。リチャードの頭に、歯車とカムの図が浮かんだ。

しかし人形が放った四本目の矢は残念ながら的を外れてしまった。

「ハハ、残念だったな」

思わず笑った。久重もたまにはミスをするらしい。

しかし久重は首を振った。

「違います、これはわざとですわい」

「なに……？　わざと？」

「四本目の矢はわざと外れるように作ってありましてな」

久重が矢を戻しゼンマイを巻くと、人形は再び矢を射て、的に当たった。

人形はいかにも満足という風に首を上下させる。

それを見てジョーが微笑んだ。

「わからん。どうして矢を外す必要があるんだ？」

「客のためですわい。人形には愛嬌がないと……。完璧なものなど飽きられますゆえな」

「なるほど、この人形には人間的な性質がそなわっているということか」

リチャードは喉の奥でうなった。このからくりは技術と感情が一体となっている。

「はい。人形にこのような人間的感情を持たせますと、客も喜びますし、作っている方も楽しいのです」

「ふむ……」

リチャードは人形を見つめた。機能だけでなく、客をより喜ばせるために作られたもの。それはサービス精神とでもいうべきものか。

「人形の顔には日本の〈能〉の技術も取り入れられているのです。見る角度によって表情が違うのですよ」

石黒がいった。

「そういうことですな。フランスの方の造られた灯台には、もしかしたらなにか愛嬌が込められているのかもしれぬと思いましての。さしでがましいことをしましたわい」

久重はさっと人形を仕舞った。

いわれてみると、確かに煉瓦造りの灯台は見た目が優雅である。建造物というのは機能だけでなく、デザインも考慮すべきなのか。

リチャードは「誰かを幸せにするために働く」と先日考えたことをふと思い出した。

久重という男は計り知れない。

おもむろにリチャードが押し入れの中を見たとき、巨大な筒のようなものが覗いていた。望遠鏡だろうか。

「タナカ、これはなんだ?」

「こ、これは……、なに、ただの大型の無尽灯です」

久重はそそくさと隠し、口ごもった。


その夜、伊王島村の村長の家の大広間に、車座になって村人たちが集まっていた。リチャード一家とジョー、久重たちもその輪に入っている。

囲炉裏ではぐつぐつと大鍋が煮えていた。

中には一メートル以上あった大魚のクエがさばかれ、ブツ切りで入れられている。

アラ鍋という郷土料理だった。

「さあ、そろそろ煮えましたよ。どうぞ!」

村長がリチャードに小鉢を差し出した。そこにはクエの大きな目玉と、くちびるが盛られている。

「これを……食べるのか?」

おそるおそる聞いた。見た目がなんともグロテスクである。

「ここが一番うまいのです」

村長は目の端にしわを集め人懐っこく笑った。

他の村人たちもリチャードの様子を面白そうに見ている。

ヘンリエッタもわくわくして見ているので、ここで引くわけにはいかない。大きな目玉がこちらをじっと見ているような気がしたが、リチャードは笑顔を引きつらせてそれを食べた。

しかし、一口食べて恐怖心は霧散した。

「うまい！」

ゼリーのような食感で、滋味あふれる深い味だった。腹の底から強い喜びがこみ上げてくるような気がする。

「これは、素晴らしい味だ。口の中で溶けるぞ」

「ほんと、パパ？」

リチャードの食べるのを見て、ヘンリエッタも口に入れていた。

「わっ、おいしい！」

エリーザもおずおずと箸を伸ばした。不器用な手つきでクエの身を口に運ぶと出汁がしたたる。

「あら、いいスープ……」

エリーザはまた鍋に手を伸ばした。

「これはやめられないわね」

「この唇のところ、すごくジューシーよ！」

ヘンリエッタが目をきらきらさせて、はしゃいでいる。

やはり来て良かった。

「ブラントンさん、ネギも食べてみてくだせえ」

村の者がリチャードにすすめた。

「よし」

リチャードは太いネギを箸でつまみ、口に運んだ。

「アウチ！」

噛んだ瞬間、熱いネギの芯の汁が口の中にぴゅっと飛び出してきた。慌てて舌を突き出す。

「おい！　水をくれ！」

村人たちが噴き出した。

「わはは、こりゃとんだネギマの殿様じゃ。赤毛の殿様じゃ！」

ジョーや石黒たちも笑い、久重も目を細めている。

リチャードは慌てて水を飲み、口の中で舌を丸めた。エリーザとヘンリエッタがそれを見て、身をよじり笑い転げている。

「なんてことだ……」

リチャードは恥を晒したが、どこか心がのびやかになった。

「しかし、新しい灯台ができるとなると、夜の漁もずいぶんと楽になりますわい。来月が楽しみですなぁ」

鍋の中身がなくなった頃、村長がしみじみといった。村では来月、かがり火をたいてイカを獲る夜の漁が最盛期を迎えるという。

港に帰るとき、従来の灯明台だけではいかにも心細かったらしい。

「ねえ、新しい灯台はなんで遠くまで光が届くの？」

リチャードがニキチの質問に答えようとしたとき、ジョーが素早く教えた。

「新しい灯台の光も今までと同じ炎の光なんだよ。でもその光を遠くまで飛ばすイギリス製の反射鏡がついてるんだ」

「へ～、イギリスって凄いんだね！」

「これから日本の海はどんどん明るくなっていくんだよ」

「だったら、もっとたくさん漁に出られるようになるね！　俺、早く大きくなって父ちゃんみたいな漁師になるんだ！」

ニキチが叫んだ。

「おお、勇ましいな」

村人の一人が茶化して笑う。

「ニキチにちゃんと漁を教えてくれる人はいるのか？」

リチャードが村長にたずねた。

「大丈夫ですわい。ニキチは村みんなの子供ですから」

村長の言葉に村人たちはみな頷いた。

「そうなると一日も早く灯台を完成させねばなりませんな。来月には試験点灯ができる。楽しみに待っていてください」

そういうと、村人たちから歓声が上がった。

「やった！　灯台の光が届けばもっと沖まで行けるよ！」

ニキチがえらそうにいう。

「もう船を操る気なのか、ニキチ？」

村長が笑っていった。

「そっか。俺、まだ帆も張れないもんな」

「慌て者なんだから！」

ヘンリエッタがニキチの脇腹を突いた。

またみんなが笑った。

芋焼酎がどんどん出され、酔いがまわると、ふんどし一つで裸踊りをするものも出てきた。

「ヘンリエッタのやつ、ジャパニーズパンツが欲しいといっていたぞ。野蛮だな、まったく」

「あれ、『フンドシ』っていうんですって」

エリーザが答えた。

「日本は多湿だからな。あまり生地の厚い下着だと蒸れる」

「じゃあ、あなたもつけてみます？」

「馬鹿な……」

エリーザはくすくす笑った。

「でもあなた、こちらにこられて、よく笑うようになったわね」

「そうかな？」

リチャードは酔いに任せ、床柱にもたれて目を閉じた。

「こんな辺境に心地よい場所があったとはな。みな素直に私を頼ってくれている」

今の状況が不思議に思えて微笑んだ。

エリーザがリチャードの手をそっと握る。

その時、手紙を持った五平がやってきた。

「旦那様、速達が届きましただ」

「速達？　いったい何だ？」

リチャードが手紙を広げて読むと、酔いはあっという間に覚めた。

それは、レンズや反射鏡を載せ、伊王島に向かいつつあった帆船エルレー号が東シナ海で沈んだという知らせであった。船には灯籠や灯器、機器やガラス類が満載されていたはずだ。

「これでは試験点灯は無理だ……」

リチャードは別室にジョーと久重たちを呼び、打ち明けた。

「沈没……ですと？」

久重が眉を寄せた。

「ああ。全部沈んでしまったらしい。これでは予定していた試験点灯に間に合わん」

「また注文するとなると、かなりの時間がかかりますね」

中村がいう。

「半年以上は延びてしまうだろうな。来月には安全な海にすると、約束したのだが……」

「反射鏡を硝子職人に作らせることはできませんかな？」

久重がいう。

「鏡のカーブは綿密な計算で設計されている。製作の際のガラスの収縮などを考えると、精巧なものはできないだろう」

　リチャードは首を振った。

「清国で買う事はできないのですか？」

　石黒が聞いた。

「清国の灯台の反射鏡が日本の灯台に合致するか確かめてみないとわからん。それに型が合ったとしても書面のやりとりや日本の役所の手続き、輸送だけでひと月以上はかかってしまうだろう。それならイギリスから再度送らせたほうがいい」

「だめですか……。点灯するところを間近で見たかったんですが」

　石黒の顔に失望の色が浮かんだ。リチャードも久重たちに、点灯の瞬間を見せてやりたかった。

　村長の家の中からは宴会の楽しそうな声が聞こえる。

　リチャードは期待で輝く村人たちの顔を思い出した。

　なんとかイカ漁が最盛期のときに灯台を点灯してやりたい。

「心当たりがある。なんとかしよう」

　脳裏に、もっとも取りたくない方法が浮かんでいた。

　一時間後――。

長崎居留地のひときわ豪華な宿舎の部屋では、ヴェルニーがソファーに座り、パイプをふかしていた。

その前に立ったリチャードは体を硬くして返答を待っていた。

「それで？　余っている反射鏡を貸せと？」

ヴェルニーがパイプの煙をリチャードに吹きつけた。

「反射鏡は全て沈没してしまったんだ。試験点灯の間だけでいい……。調べてみたらフランス製の灯台の反射鏡は、イギリスのものと設計がかなり近い。それさえあれば点灯のテストができる。頼む！」

「へえ、お偉い英国紳士のリチャード様が、不作法な私ごときに頼みごとをねぇ……。悪趣味で余計な装飾のある灯台を造った私なんかが力になれるとはとても思えませんな」

ヴェルニーは、ひどく傷心した、というような芝居じみた顔つきをした。

「ヴェルニー、そこまではいってないだろう……」

「神よ。友の力にすらなってやれないこの愚かな私をお許しください」

ヴェルニーは目を閉じ、十字を切った。

「悪ふざけもいい加減にしろ！」

リチャードは思わず声を荒げた。

「おや、この私を叱りに来られたのかな？」

「いや……」

「残念だなぁ。質実剛健な灯台を見たかったのに」

ヴェルニーは高々と足を組み、意地悪く笑った。

リチャードはカッとした。どうして自分はこんな男に頼み込んでいるのだろう。

だが、村の人々の笑顔が浮かんだ。

（客の喜んでいる顔が見たいのですよ）

久重の言葉が脳裏に浮かんだ。

やはり自分はあの村の者たちのために灯台を点灯してやりたい。

耐震構造にも目処がつき、設計を変更して既に建築を開始している。あとは反射鏡だけがない。

「ヴェルニー……。君はなんのために、日本に来た？」

「おいおい、急に何を言い出すんだ。身上調査か？」

「君のいったとおり、職場のえこひいきが嫌で私は逃げてきたんだ。それで金を貯めて、イギリスで会社を興し、私を馬鹿にした奴らを見返してやろうと思っていた……」

「ふん。結局は金目当てか。ご大層な理屈を並べていたくせに」

「でも日本に来て私は変わった。技術者としての本当の喜びを見出したのだ」

「ちっ。青臭いことをいうな。仕事に喜びもくそもあるか！」

ヴェルニーのパイプの火が消え、再びマッチを探したが近くにはなかった。

リチャードは机の下に落ちているマッチを拾い、ヴェルニーに渡した。

「む……。そこにあったか」

「最初、私は日本人が嫌いだった。居丈高にものをいうし、外国人に仕事を任せたがらない。予算を知らせず、勝手に発注して中抜きし、着服もしている。日本のために灯台を造っているのに、なぜ彼らを必死に説得しなければならないのか、わからなかったんだ」

「ふん。どこでも同じだな」

何かを思い出したようにヴェルニーは唇を歪めた。

「しかしな、ヴェルニー。日本にも優れた技術者がいるんだ。彼らは便利なものを作って人々を喜ばせ、それを仕事とすることで幸せを得ることを教えてくれた……」

「いくら出す？」

「えっ？」

リチャードはヴェルニーをまじまじと見た。

「屁理屈はいい。金だよ。ただで反射鏡を貸すとでも思ってるのか？」

ヴェルニーはにやにや笑った。

リチャードは言葉を失った。やはりここに来たのが間違いだったのか。

「それが……。米を買って近くの村人たちに配ってしまってな」

「人にやってしまっただと⁉　お前、正気か⁉」

「彼らは貧しい中、灯台の土台づくりを一生懸命手伝ってくれたんだ。クリスマスに何かしてやりたくなったのさ」

「バカな！　スクルージ気取りか⁉　それじゃあイギリスに帰ってお前をバカにした奴らを見返すこともできないだろう？」

ヴェルニーの目が驚きで見開いていた。

「見返すなんてつまらん。私は今、困難でやりがいのある仕事に挑戦したいだけだ」

「ふん……。灯台なんてそう大した技術じゃないだろう。俺のやってる造船の方が……」

「地震の対策はしたのか？」

「なに？」

「日本には地震が多い。スティーブンソン兄弟はそれを想定して、照明台を設計していたぞ」

「それは……まあ急ぎだったのでな。フランスの灯台と同じ造りになってる」

「従来の設計では日本の大きな地震に耐えきれないんだ。しかし我々は地震に対する解決法を思いついた。だが反射鏡が沈んでしまっては、試すこともできん……」

「次の便が来るまで待てばいいだろ？」

「それじゃ遅い！　もうすぐイカ漁の最盛期なんだ。私は喜ぶ村人たちの顔が見たい」

「イカ漁だって？　お前は宣教師にでもなったのか？　どうしたっていうんだ、いったい」

ヴェルニーはあきれたように両手を広げた。

「君の煉瓦造りの灯台のことだが……。馬鹿にしてすまなかった」

リチャードは心から謝った。

「うん？　少しは美に関する感性が発達してきたのか？」

「日本人技術者に学んだんだ。客を喜ばせてこそ面白い、と。あの煉瓦造りは見た者を喜ばせる。建築物は機能だけでなく、人の感動に寄り添うような美観を兼ね備えてこそ、たたえられるのかもしれん」

ヴェルニーがリチャードをちらりと見た。

「……。俺の造った灯台は美しかったか？」

「ああ。ただし一つ注意することがある。日本人の作る煉瓦はもろいぞ。材質が均質ではない」

「そんなことはわかっている」

ヴェルニーはパイプから濃い煙を吐いた。

「あれはすべてフランスから取り寄せた煉瓦だ。俺とて見た目だけ考えて灯台を造ったわけではない」

ヴェルニーは胸を張った。

「そうか。やはり私は間違った先入観で君を見ていたんだな。君も優秀な技術者の一人だ。伊藤に聞いたぞ。戊辰戦争のときも、『政治的事件のとばっちりを受けて事業の中断はできない』と、横須賀に一人残ってがんばったそうじゃないか。自分の手がけた造船所は最後までやりぬきたかったんだろう？」

「そんなことまで調べたのか……」

ヴェルニーは唇を尖らせ、椅子に深く腰掛けると、リチャードをじっと見た。

「金はこれからの給料できっと払う。だから君の反射鏡を貸してくれ。頼む」

リチャードは頭を下げた。

ヴェルニーは少し笑った。

「本当に人が変わったようだな、お前は」

「……」

「まあ夜もふけてきた。本国からいいワインが送られてきたんだが、飲んでいくか？」

ヴェルニーは戸棚からボトルを取り出してラベルを見せた。

「シャブリの白か。いいね、頂こう」

ヴェルニーはグラスを二つ出し、シャルドネの風味が漂う透き通った液体を注いだ。

「乾杯しよう。新しい灯台に」

ヴェルニーはリチャードのグラスに、自分のグラスを音を立てて合わせた。

「ヴェルニー！　じゃあ……」

「いっとくが、ただじゃないぞ」

「わかってる」

「それにもう一つ。耐震実験が成功したらその技術を提供してもらおう」

「もちろんだ。ありがとう。これで助かる！」

リチャードは思わずヴェルニーの手を握った。

「離せ！　気持ち悪い」

ヴェルニーは顔をしかめたが、握手は無理にふりほどかなかった。

二人でワインを傾けると、村人たちが食べる魚に合いそうなワインだった。

「おお、そうだ、ヴェルニー。日本料理のアラ鍋というのを知っているか？」

「なんだそれは。うまいのか？」

「最高さ。特に太ネギがな。この世のものとは思えないうまさだ」

「おい、俺にも食わせろ！　美食と聞いては我慢ならん。さもないと反射鏡は貸さんぞ」

「いいとも。必ず熱いうちに食べるんだぞ」

リチャードは喉の奥で笑った。

（少しは人を信じなさい）

針医者の長庵の声が甦った。

信じるには勇気がいるが、信じないと何も得られない。

新たな友人と杯を傾け、反射鏡を貸してもらう段取りを決めた。

帰り際、リチャードはふと思い出して聞いた。

「そうだ。大事なことを忘れていた。レンズはいくらで貸してくれるんだ？」

場合によってはすぐに倹約を始めなければならない。

ヴェルニーは尊大に足を組んでいった。

「そうだな、一フラン（約二〇銭）よこせ」

15　丈太郎

年が明け、丈太郎は伊王島村に向かう道を、荷馬車に付き添い、歩いていた。リチャードは馬に乗って進んでいる。

荷物には横浜からの船便で着いた借りものの反射鏡とレンズが積まれ、覆いがかけられている。ヴェルニーは組み付ける工具まで貸してくれていた。

丈太郎の胸は躍った。いよいよ灯台の完成形が見られる。鉄製の本体部は既に完成し、あとはランプと反射鏡を設置するのみだった。

「いよいよ点灯ですね」

「ああ。君もよくやったな」

「いえ、僕は何も……」

「よくやったさ」

リチャードが微笑んだ。自分なりに勉強したことが報われたようで丈太郎は嬉しかった。それは雇ってくれたリチャードのおかげでもある。

礼をいおうとしたとき、

「待て、貴様ら！」

大きな声とともに、道の真ん中に二人の武士が立ちふさがった。たすきを掛け、既に刀を抜いている。

（攘夷の侍だ！）

丈太郎の心臓は縮み上がった。

「ジョー。あれはサムライか？」

「はい。逃げましょう！」

「だめだ。反射鏡を置いてはいけない」

リチャードは進み出て大声でいった。

「待て。我々はただの灯台技師だ」

丈太郎が震え声で訳した。

「黙れ！ 真昼間から、異人が大きなつらをしやがって！ 天誅である！」

武士のうちの一人がリチャードに斬りかかった。

リチャードがかろうじてかわすと、勢い余って刀は荷車にあたった。覆いが切り裂かれ、中の反射鏡があらわになる。

リチャードが走り寄り、反射鏡をかばうように抱いた。

「のろまな赤毛め。刻んでやる」

武士は笑いながら、リチャードをなぶるように腰の辺りを浅く斬った。

「うっ！」

「ほら、どうした！」

もう一人の武士がさらにリチャードを足蹴にした。しかしリチャードは反射鏡をかばい続けた。

「やめろ！」

丈太郎はかっとして、恐怖を忘れて怒鳴った。

「この人は日本のために尽くしてくれているんだぞ！　この人はこれからいくつも大事な灯台を造る人だ。君たちは日本の明かりを消すつもりか！　恥を知れ！」

いっているうちに憤りで胸がいっぱいになり、涙があふれた。

丈太郎は、リチャードがこれまでしてきた努力をずっと間近で見てきていた。

「なんだお前は！」

武士が刀をこちらに向けた。

（殺される！）

丈太郎は下っ腹がすっと冷たくなった。ふとヘンリエッタの笑顔が浮かぶ。

だが、この体のあるかぎりはリチャードを守ろうと思った。

「おい、こいつ変な目をしてるぞ」

「本当だ。お前、日本人じゃないのか？」

「この化け物め！」

武士が嘲った。

「違う！」

丈太郎は怒った。

「僕は……化け物じゃない！　人間だ！　僕は……僕は、通訳のプロフェッショナルだ！」

丈太郎は荷車から、素早く鉄パイプをとって握った。パラフィン油を通す鉄製の細いパイプだ。

それを前に突き出すように構えた。

ヘンリエッタに教えてもらった型だ。

「なんだ、その変な剣法は？　やろうっていうのか」

「……来い！」

丈太郎の緑色の瞳が怒りできらめいた。生まれて初めて怒りに身を任せた。

「こいつ！」

武士が斬りつけてきた。丈太郎の目はその剣の軌跡をとらえ、間一髪でかわした。

（恐ろしいときほど目を見開くんだ！）

丈太郎は、攻撃を外された武士が一瞬よろめいた隙を逃さず、精一杯右手を伸ばした。

イギリス人の血を引く彼の右腕は長い。

武士の胸を打った。

「ぐふ……」

武士がよろめく。

よし！

しかし丈太郎が横を見ると、刀を上段に構えたもう一人の武士から強烈な殺気が叩きつけられていた。

動けない。時間の進みがのろのろと感じられた。

「死ねい！」

武士が彼に向かって吠えた。同時に、

「何してるだ！」

と発せられた声を聞いて、武士の動きが止まった。

丈太郎が横目で見ると、坂の上から鉋《かんな》を持った農民がこちらを見ていた。一緒に鍋を食べたときに裸踊りをしていた男だった。

村人は坂の向こうを振り返って叫んだ。

「おーい、みんなぁ！　こっち来てくれやぁ！」

のこぎりや金槌を持った村人たちが五、六人すぐに寄ってきた。灯台の建設現場からの帰りらしい。

「ああっ、赤毛の殿様じゃねえか！」

「あんたら、おらが殿様に何するだ！」

「その人は灯台を造ってくれとる人じゃぞ！」

村人たちは走り寄ってきてリチャードと丈太郎を丸く囲んで、かばった。

「馬鹿者ども！　日本に異人などいらぬ！」

丈太郎に胸を突かれた武士が立ち直って怒鳴った。

「いらぬはお前らじゃ！　もはや四民平等の時代ぞ！」

一人が言い返し、村人たちは工具を武士たちに向けて詰め寄った。

「くっ、おろか者たちめ！」

武士たちは言い捨てると、苦々しい顔で去っていった。

足から力が抜けた丈太郎は座り込んだ。

「ありがとう、ジョー」

リチャードが膝をついていた。

「いえ、ただ必死でした」

返す言葉が震えた。死なずにすんだのだ。

「おい殿様、大丈夫か？」

村人の一人がいった。

「ああ……ありがとう……」

リチャードはジョーの差し出した手を取り、よろめいて立ち上がった。

しかし彼の腰のベルトは先程、刀で斬られていた。

「あっ！」

村人の一人がリチャードを見て、素《す》っ頓狂《とんきょう》な声を上げた。

立ち上がった瞬間、彼のズボンがずり落ちていた。

リチャードの下半身が、ユニオンジャックのふんどしで覆われているのが見えた。

村人達は一瞬言葉を失ったあと、大笑いした。

「どうしたんだ。む⁉」

リチャードは、自分の下半身を見ると、慌ててズボンを引き上げた。

16　丈太郎とリチャード

伊王島灯台の本体部は既に完成していた。

底部は六角形の石組みであり、上に行くにしたがって細くなっていく。断面図で見るなら底辺の長い台形であった。

この形にすれば、振動が増幅されて上にあがってくることが抑えられる。久重の耐震に関する助言が設計に反映されて、イギリスの従来の灯台より、かなり角度をつけられたものとなった。

灯台の二階部分で、リチャードと久重たちは、懸命に反射鏡を据え付けている。

しかし、一つ問題があることがわかった。イギリス式の灯台のランプとフランス製の反射鏡とは微妙にサイズが違っており、沖まで届く十分な明るさを確保できなかったのだ。

「屈折の角度が合いませんな」

調整を重ねながら久重がいった。

「仕方がない。これでも二〇キロくらいまでは届くはずだ」

リチャードたちは作業を進めた。

しかし精密な調整が必要で、取り付けに時間がかかっている。

照明の台座に置かれたリチャードのカップには紅茶がまるまる残っていた。

「サー・リチャード、紅茶が冷めますよ」

ジョーが声をかけた。

「本当に忘れていたよ」

「え？」

リチャードは爽やかな笑顔を見せていた。

「子供の頃、機械をいじるのが大好きでな。それが高じて技師になったんだ」

「ふふ、こうしてからくりの仕組みを工夫するのは、たまりませんのう」

久重も笑顔でいった。

「まったく。ずっとこれをやっていたくなる」

真っ黒になったリチャードは額の汗をぬぐった。空腹すら覚えない。

「そろそろ終わりましょう。もうすぐ嵐が来るそうです」

下から中村が声をかけた。

「もう少しでできる。君も来い」

「えっ、もう完成ですか。すごい！」

中村も上にあがってきた。

半刻（一時間）後――。

「できましたな、ついに」

久重がランプのフレームを撫でた。全員、灯台の二階に上がっている。

灯明台には、新品の反射鏡がしっかりと組み付けられていた。

「やりますか」

石黒がうれしそうに声をかけた。

「ああ、やるか！」

リチャードが腕をまくる。みなで目を見合わせた。

ジョーの顔も期待に満ちている。

「点灯《ライッ・オン》！」

五人の声が合わさり、灯芯に点火した。油に火がつき、ボッと燃える音がする。

光は鋭い線となって、曇り空を貫いた。

「まぶしい！」

丈太郎は光を直視してしまい、思わず目を押さえた。まぶたを閉じても強烈な残像が残っている。太陽を直接見たような気がした。

「ジョー、大丈夫か？」

リチャードが声をかけた。

「すごい光量ですね」

丈太郎は目をこすった。ゆっくりと視界が元に戻ってくる。

「やりましたな」

久重がいった。

「これで夜の漁もやりやすくなるだろう」

リチャードは満足して紅茶のカップを手に取った。

しかし雨が落ちてきて、灯台の照明部分を覆うガラスに水滴が流れた。風が吹き付けて飛んで来た木の葉が貼りつく。

「荒れそうだな」

石黒がいった。

丈太郎は建設基地に帰るため、手早く荷物をまとめた。

そのとき道の向こうから傘をさしたヘンリエッタが駆けてくるのが見えた。強風で傘がひっくり返りそうになっている。

丈太郎は灯台を駆けおりた。

皆も後に続く。

「ヘンリエッタ！　どうしたんだ、こんなところまで？」

「ジョー！　ニキチがまだ帰ってこないの！」

「ニキチが？　どこに行ったんだ？」

「船よ。今日、初めて漁に出たの。そしたら急に時化《しけ》てきて、まだ帰らないんだって」

ヘンリエッタが涙を浮かべていた。漁に出たニキチはかなり沖まで行ったという。船が制御を失い、急流の黒潮に乗ってしまったのなら、太平洋の彼方まで流されてしまう可能性もある。

ヘンリエッタの後ろからニキチの母親とカヨもやってきた。

「リチャードさん！　お願いします、灯台を照らしてください！」

母親は土下座せんばかりに頼み込んだ。嵐の中で船がもまれれば自分の居場所を見失う。しかし、灯台の光が届けば、帰る目印ができる。

「イカ漁はだいたいどれくらい沖まで行くんだ？」

リチャードが聞いた。

「七里か八里くらいです！」

建設現場にいた村人の一人が教えてくれた。

「すると三〇キロ程度か。今のレンズでは光はそこまで届かないぞ……。せいぜい二〇キロメートルだ」

「それでも点灯しましょう！」

丈太郎が我慢できずにいった。船が岸に近づけば、その光が目に入るかもしれない。

「運を天に任せるしかないか」

リチャードが空を仰いだ。

「お待ちくだされ！　なんとかなるかもしれません」

いったのは久重だった。

「どうするんだ、久重？」

「石黒、あれを」

「はっ」

石黒は荷車から大きな筒のようなものを持ってきた。たしか久重の家に訪ねたとき、押し入れの中にあったものである。

「おい、それは……」

「無尽灯でございます」

「なんでそんなものを持ってきた？」

「はい、リチャードさんは反射鏡があれば光は届くといっておられましたが……。つい造ってしまいましてのう」

「造っただって？　一体どういうことだ？」

「これは灯台用の無尽灯にございます」

久重が真剣な眼差しでリチャードを見た。

「まさか！」

リチャードは驚いて無尽灯をまじまじと見た。

「ということは、これは普通の灯明より十倍明るいということか？」

「はい。その分、燃料は食いますがのう。それを反射鏡で収束して照射すれば……」

「届く！　届くぞ！」

リチャードは跳ねるように立ち上がった。

「急ぎ据え付けましょう」

久重は巨大な無尽灯を抱え、灯台に入っていった。

久重の設計した無尽灯は、ぴったりとフレームにはまった。準備完了の合図を受け、石黒と中村が筒を上下に動かし、圧搾空気を作る。金属の筒の中でゴオッゴオッと空気の動く太い音がした。

灯台の上部ではリチャードが点灯の準備をしている。

「行きますぞ！」

「よし。準備はできている」

「リチャードさん！」

「なんだ、タナカ？」

「設計上は大丈夫ですが、もしかしたら突発事態が起こるかもしれませんでな。お気をつけください」

「何が起こるんだ？」

「さて。こんな大きなものは初めてなので想像もつきませんな」

久重が笑った。

「馬鹿者！」

いってリチャードも笑った。こんなときになぜかおかしかった。人を救わねばならないときに、とんでもない装置の実験をするとは。

「空気を送れ！」

リチャードが叫ぶと、油のにおいが充満した。リチャードは素早く灯芯に火をつける。

しかし燃料は来なかった。

「来ないぞ！」

「圧搾に時間が……」

いった瞬間、油が噴きあげた。

「うわっ！」

炎は勢いよく燃え上がりドーム状の天井まで届いた。

「ジョー、換気だ！」

「はい！」

丈太郎が窓を開けた。強い炎がまたたくまに部屋を熱し、酸素が不足する。

リチャードは最適な炎を得るために灯芯の長さを調節し、火を絞った。強烈な光が灯る。

その瞬間、反射鏡によって束ねられた強い光線が暗雲を貫いた。最初の灯火の十倍の光だ。二〇〇キロまで届くだろう。丸い地球からは光線が離れていくが、その先はもう宇宙だ。

「すごい！」

丈太郎は叫んだ。落ちてくる雨の雫が光の中で星のように煌めいた。

しかし明かりはすぐに小さくなった。

「どうした！」

リチャードが下に怒鳴る。

「油がなくなりました！」

＊　＊　＊

小さな漁船の上では、ニキチが膝を抱えていた。初めは手ぬぐいで濡れた体を拭いていたが、今や手ぬぐいも着物もずぶ濡れになっている。拭いてももう同じだった。

（ここで死ぬのか……）

ニキチは暗闇の中で歯を鳴らした。強い西風に流され、陸地の光はあっという間に見えなくなってしまっている。

（父ちゃん！）

ニキチは海で死んだ父のことを思い出した。父の代わりに立派な漁師になり、母とカヨを食わせる。そのため漁師としての訓練を積んできたのだ。

今日はイカの群れが来て大漁となった。出迎える母とカヨの笑顔が見えるようだった。しかし帰れると思ったとたん海は荒れ、舵も利かなくなり、水夫たちは帆を下げて必死に櫓を漕いだものの、ついに漂流してしまった。久しぶりの大漁に我を忘れて船長が判断を誤り、長く留まりすぎてしまった。

今やイカを寄せる篝火《かがりび》も豪雨で消えている。

「ニキチ、今まで悪かったなぁ」

暗闇の中でガキ大将の声が聞こえた。震えている。こいつには絶対に逆らえないと思っていたが、死を前にして弱気に襲われているようだった。

ニキチは勇をふるって立ち上がった。

「死なないぞ！」

叫んだ。力いっぱい叫んだ。

「おっかあ！　カヨ！　俺は絶対に帰るからな！」

誰も答えない。船からは他の水夫が唱える経が聞こえてくる。もう櫓をこぐのもあきらめてしまったようだ。

ニキチはまた叫んだ。

「おっとう！」

父もまたこの海で死んだ。男二人が死んでしまっては、母とカヨはどうなるのだ。

「おっとう！　助けて！」

もう一度叫んだとき、天が割れた。

夜が炎で切り裂かれたようだった。

（いや、あれは光だ！）

振り返ると、橙《だいだい》色の光が陸からまっすぐに飛んで来ていた。

「光だ！　光だぞ！」

ニキチは叫んだ。

「みんな、光が見える！」

ニキチは声をかけた。

「馬鹿。こんなとこまで届く光があるもんか。お釈迦様の迎えだよ、ナンマンダフ、ナンマンダフ……」

漁師たちは恐怖に目を閉じていた。ニキチは丈太郎の話を思い出した。

光はときどきまたたいた。

（新しい灯台の光も、同じ炎の光なんだよ）

あの光はリチャードさんや丈太郎さんにつながっている。

「みんな、あれは灯台だよ。橙色をしてるだろう？　火がまたたいてる。伊王島の灯台だよ！　リチャードさんが灯台に点火したんだ！」

「……ほ、ほんとか？」

「赤毛の殿さまが⁉」

漁師たちは起き出して目を見開いた。確かに空には光が伸びている。闇の中を貫いて船まで届き、またその向こうのはるか遠くまで走っていた。

「よしっ。一か八か、あの光を目指して漕げ！」

「応！」

ニキチも櫓をつかんだ。母の持たせてくれた干し貝をかじり、少しでも力が溜まるようにした。

＊　＊　＊

「もっと油を持ってこい！」

「はい！」

新型灯台では村人たちは次々と無尽灯のタンクに油を注いだ。空気圧で押された油は灯芯をごうごうと燃え上がらせている。一瞬、火は消えたものの、村人が総出で油を運び、光は再び復活していた。

「到達距離はいいようですな」

久重が冷静に分析する。

「気づいてくれるといいが……」

天草灘まで届く光は、闇を貫く道のようにも見えた。

風はようやく収まってきている。

リチャードたちは夜通し、火を灯した。

もうそこはダーク・シーではない。孤島に光が灯っていた。

漁船が戻ったという報せが来たのは、夜明け前だった。

「やりましたのう」

久重が立ち上がって腰を叩いた。

「ああ。一ヶ月分の油を使ってしまったがな」

リチャードも笑い、二人で固く握手をした。

17　出航

一週間後。

リチャード一家と丈太郎の乗ったマニラ号は長崎港を出航し、凪いだ海の上を滑るように進んでいた。

夕焼けの赤が海の上に広がる。

リチャードは双眼鏡で海を見ていた。

「また次の所に行くのね」

ヘンリエッタが淋しそうにいった。

エリーザが、ヘンリエッタの肩を優しく抱いた。

長崎では友達も多くでき、別れが辛そうだった。

「いい人たちだったな」

リチャードがいった。

「うん。カヨも、ニキチも……」

ヘンリエッタの声が震えた。

「あの子たち、見送りに来なかったのね？」

「来るっていってたんですけどね」

丈太郎がいって、伊王島を見た。あそこにはたくさんの出会いがあった。

「ジョー、これからどうするんだ？」

リチャードが聞いた。

「はい、やはり東京に行こうと思っています。伊藤さんが手紙をくれて……」

手紙には「日本には熟練技術者が少ないので工部省を手伝って欲しい」とあった。

「いい話じゃないか」

「でも僕はただの通訳ですよ？」

「いや、今や君は工学の専門用語のほとんどを理解している。随分勉強したんだろう？

そう考えると伊藤を手伝うのに君は最適かもしれない」

「まずはイギリスに留学して来いともいってました」

「良かったじゃないか」

リチャードは丈太郎の肩を叩いた。

「ジョー、一つ秘密を教えておこう」

「なんですか、サー・リチャード」

「サーはいらん。リチャードでいい」

「……はい。リチャード」

小声でいった。

「ジョー。世界はそんなに恐ろしい場所じゃない」

「えっ？」

「子どもの頃は随分とつらい目にあったんだろうが、もう君の力をわかっている者はたくさんいる。これからはもっとリラックスして楽しめ」

「リチャードさん……」

褒めてもらえた。努力が認められるというのはこんなにも嬉しいことだったのか。

「イギリスに行って父上と会えるかどうかはわからないが――」

リチャードが丈太郎を見つめた。

「苦しいときは私を父親と思って頼れ。いいな。私もイギリス人の一人だ」

リチャードが丈太郎を抱擁した。

鼻の奥がツンとする。

「ジョー、たまにはパパを貸してあげるからね。東京に行っても、また私たちのところに遊びに来て」

そういってヘンリエッタも丈太郎を抱擁した。

柔らかい腕だった。

「もちろん！」

「まだ教えてないこともあるしね」

「でも君の教科書は全部読んでしまったけど……」

「ジョー。ダンスはまだ踊れないでしょ？」

「あ、ああ……」

「それじゃあ一人前の紳士とはいえないわ」

どぎまぎする丈太郎の目の前でヘンリエッタが微笑んだ。

「ねえ。ジョーとここに来てすごく楽しかったわ」

ヘンリエッタの唇がそっと頬に触れた。

別れを告げるようにマニラ号の汽笛が鳴る。

そのとき、かすかな声が聞こえたような気がした。

丈太郎は耳をすました。

「お〜い、ヘンリエッタ〜！」

ニキチの声だ。どこからか近づいてくる。

ヘンリエッタが、島々を見回した。

「ヘンリエッタ〜！」

今度はカヨの高い声だった。

丈太郎の目は、伊王島の影から漁船の舳先がのぞいたのをとらえた。

「ヘンリエッタ、あそこだ！」

丈太郎の指さす島影から小さな漁船が帆を膨らませて、出てきた。ニキチが器用に帆を操っている。

カヨが、船の舳先で千切れそうなくらいに手を振っていた。

「カヨ〜！　ニキチ〜！」

ヘンリエッタはまっしぐらに船の後ろに走り寄り、声を張り上げた。船のふちから身を乗り出してぶんぶんと手を振り返す。

「さよなら、ヘンリエッタ！」

「さよなら！　カヨ、ニキチ！」

「さよなら、丈太郎さん！」

ニキチが叫んだ。

「ニキチ、元気でな！」

丈太郎も手を振った。

すると島影から、さらに船が出てきた。

「まあ……すごいわ」

エリーザが胸の前で両手を重ねた。

海にさまざまな色彩が広がる。

「なんてことだ……」

リチャードも声をうわずらせた。

そこには帆を膨らませた漁船の船団が二〇隻以上、次々と海一面に走り出て来て、マニラ号に近づき、併走し始めた。

それぞれの船には色鮮やかな大漁旗と、手描きのユニオンジャックが掲げられ、風になびいている。

子供や村人たちもみんな乗っていた。

「殿様〜！」

村の人々が笑顔で手を振っている。

「エリーザさ〜ん！」

村の女たちが叫んで声をからす。

「おおっ！　みんな、元気で！」

リチャードが大きく手を振って叫んだ。

日が海に沈むと、リチャード一家の門出を祝福するように、灯台が点灯した。

マニラ号の航路を誘導するがごとく、光は夕闇をまっすぐ貫いている。

伊王島灯台には久重たち三人の技術者が座り、マニラ号を見送っていた。

試験用の六個の灯火がフル点灯している。

光を背中に浴びながら、三人は紅茶を飲んでいた。

「イギリスの習慣もなかなかようござるな」

「はは、すっかり癖になってしまいましたな」

三人は去り行くリチャードの船に向かってカップをかざし、乾杯した。

「さよなら、リチャードさん。面白かったですのう」

久重が目を細めた。

黒い油にまみれているが、三人ともとびきりの笑顔だった。

エピローグ

日本でリチャード・ブラントンの建設した灯台は以下のものである。

樫野埼灯台
潮岬灯台
神子元島灯台
劔埼《つるぎさき》灯台
伊王島灯台
佐多岬灯台
江埼灯台
六連《むつれ》島《しま》灯台
石廊埼灯台
部《へ》埼《さき》灯台

友ヶ島灯台
和田岬灯台
天保山灯台
納沙布岬灯台
鍋島灯台
安《あ》乗埼《のりさき》灯台
釣島灯台
菅島《すがしま》灯台
白洲灯台
御前埼《おまえざき》灯台
犬吠埼《いぬぼうさき》灯台
羽田灯台
烏帽子島灯台
金華山灯台
角島《つのしま》灯台
尻屋埼《しりやさき》灯台

リチャード・ブラントンは五年の契約期間を満了した後、さらに三年の契約延長を請われ「日本灯台の父」と呼ばれるようになった。その貢献を認められ、明治四年（一八七一年）には明治天皇に拝謁し、感謝を述べられた。また、灯台だけではなく電信や架橋など日本の様々な工業技術の発達にも尽くし、明治九年（一八七六年）に帰国した。

丈太郎はイギリス留学の後、工部省に入り、外国人技術者との協力をさらに推進した。伊王島の灯台は原爆による爆風の被害を受け、下部鉄製部分が破損、改装されたものの、天井のドームはそのまま使用されており、一三〇年以上経った今でも海を明るく照らしている。

解説

不動まゆう

「あっ、灯台だ。」灯台ものを見ると買わずにいられない「灯台マニア」の私は、本書の単行本版『ライツ・オン！』を手に取り、迷うことなくレジに向かった。

『明治灯台プロジェクト』の副題が付いている、実話だとしたら「日本の灯台の父」と言われるリチャード・ヘンリー・ブラントンをはじめ、明治期の灯台を語る上で外せないヴェルニー、フロラン、ハリー・パークス、藤倉見達《ふじくらけんたつ》などは登場するだろうか？　だとしたら、彼らはどのように描かれているだろう？　と、ワクワクしながら読み始めた。

開国間もない日本近海は、遠洋から見える目印がなく「暗黒の海」と呼ばれ、列強国と結んだ江戸条約で定められた八基の灯台建設が急務であった。しかし、当時の日本には最新の西洋式灯台を造れる技術者がおらず、リチャード・ブラントンが明治政府の招聘した「お雇い外国人」として一八六八年八月八日に夫人と長女を連れて来日し、十一月二十一日に灯台建設地を下見するためにマニラ号で横浜を出港した。

リチャード一家が英国人ハーフの通訳、丈太郎を伴って、嵐を乗りきり長崎に入港するところから物語は始まる。帯同していたアンガス号修復のため、一ヶ月ほどの長崎滞在を余儀なくされたリチャードらは、伊王島灯台の建設に着手する。傲慢なリチャードと孤独な丈太郎は、田中久重ら様々な人々との交流を通し成長していく。次々と押し寄せる難題を乗り越え、灯台を点灯することができるのか？

今まで何冊かの灯台小説を読んだが、本作のように灯台建築にフォーカスした作品には出会ったことがない。実を言うと、本書を手にした時も「また灯台が舞台の恋愛ものかサスペンスだろう」と高をくくっていた。なぜなら、物語の中で灯台のことを書こうとすると、役割や仕組みが一般に知られていないため、解説なしでは話がわかりづらく、解説を挿れると流れが滞ってしまうからだ。だが、本作ではリチャードと久重らとの会話の中に解説を入れる手法で、見事にこの難題をクリアしている。彼らのやり取りを読んでいるうちに、灯台のことがわかってくる。しかも、面白くて押し付けがましくなく、自然と入ってくる感じだ。私が愛してやまないフレネルレンズや回転機械など、マニア心をくすぐることも忘れていない。が、せっかく灯台マニアとして解説を書かせてもらうのだから、生意気だという声を覚悟のうえで明治期の灯台について私の知るところをここに綴らせていただきたい。

日本初の西洋式灯台は一八六九年二月十一日に初点灯した観音埼灯台で、ブラントン

（灯台好きの間ではこう呼ぶのが常識）が来日するより前に幕府に雇われていたフランス人技師、フランソワ・レオンス・ヴェルニー（本書にも登場する）が造ったと言われる。そのため、彼の名前が日本初の西洋式灯台の建築者として真っ先に紹介されることが多いが、実は彼には灯台建設の経験がなく、実際に設計したのは助手のルイ・フェリックス・フロランだった。

横須賀で焼いたレンガで造られた観音埼灯台は、一八六八年十一月一日に起工し、わずか三ヶ月ほどで完成している。どうやら、〝フロランにムチを振られて工事を急かされた〟らしい（その後、怒った作業員が相撲とりをつれてきてフロランを投げ飛ばし、驚いたフロランは二度とムチを振ることはなかった。というエピソードを聞いたことがある）。そこまでして初点日を二月十一日とすることにこだわったのは、その日が旧暦の元旦にあたるためで、まさに「日本の夜明け」というイメージを重ねる目論見《もくろみ》があったからだろう。イギリス、フランス両国にとって日本での灯台建設は、国の威信をかけた重要事項であったことがうかがえる。

本作でも再三話題に上っているが、日本に灯台を建築するにあたっての懸案材料となっていたのは、地震である。

「東京の近くにはヴェルニーという男が急ごしらえで造った灯台があるが、あれは危ない。」（本文より）の言葉どおり、初代の観音埼灯台は約五十年後の地震で被害を受け、次いで造られた二代目も地震により傾き、現在の灯台は三代目である。そうなると、ブラントンが造った灯台はすごい。

伊王島灯台は鉄造のため、そもそもの寿命に限りがあったと思われるが、代表作と言われる犬吠埼灯台、御前埼灯台等は地震に弱いとされるレンガ造りにも拘わらず今も現役で、まもなく点灯百五十周年を迎えようとしている。ブラントンはもともと鉄道建設が本業で、灯台設計一家として名高いスティーブンソン兄弟のもとで灯台に関する研修を受けている。そして「そんなもの、三ヶ月でマスターしたよ」（本文より）となる。日本に来てからも、スティーブンソンの指示に従い設計したところが多いようだが、犬吠埼灯台、尻屋埼灯台にはブラントン独自の工夫だと考えられる箇所がある。それは、灯塔の二重円筒構造だ。世界でも他に類を見ないのではないだろうか。ほかにも、彼が設計した石造りの神子元島灯台には、五重の塔さながらの御柱が灯台中心部に据えられている。

このような構造にした理由が、地震対策かどうか結論づける確実な資料は見つかっていない。しかし、ブラントンが日本の地震に対して真摯に取り組んでいた事実は、彼の発表した論文からもうかがえる。

このように、ブラントンが日本に残した灯台技術はとても優れており、現在でも高く評価されている。彼の帰国後、跡をつぐように灯台設計技師となった（おそらく丈太郎のモデルと思われる）藤倉見達はこの技術を引き継ぎ、日本で最も背が高い、美しく威風堂々とした出雲日御碕《いずもひのみさき》灯台をレンガと石の二重円筒構造で造りあげている。

そんなブラントンが造った灯台は、日本に今も十七基残っており、代表的なところでは、千葉・犬吠埼灯台の、その名も「ブラントン会」、静岡・御前埼灯台の「御前埼灯台を守る会」、福岡・部埼灯台の「美しい部埼灯台を守る会」などの市民団体が大切に保全活動や教育普及活動を行っている。「日本の灯台の父」とよばれるブラントンは、（昔の灯台守の手記には、「ブラントンは大きな犬を連れて村人に吠えさせ、その驚く様子を見て楽しんでいたらしく、村人にはあまり評判が良くなかった」というSっけのあるエピソードもあるが）日本では、いまでも灯台とともに愛される存在となっている。

しかし、彼の故郷スコットランドを私が訪れた際、参観灯台のガイドをしている人にブラントンの日本での偉業を話しても、まったく知られていなかった。当時、イギリスは日本をはじめ、世界各地に技師を送り込んでおり、日本の灯台技術顧問という役職もアランとトーマス・スティーブンソン（兄弟）に与えられたものであった。ブラントンは異国に送り込まれた〝派遣技師〟という立場にすぎなかったのだ。

しかし百五十年後、こうして物語の中で日本に蘇ったブラントンは、今どんな想いなのだろう。日本人の気質をボヤく「やはり野蛮だな」、「未開人だな。」（本文より）などを造ってくれたと私は信じている。日本を愛していたからこそ、こんなにも長く遺る灯台を造ってくれたと私は信じている。

この物語がスコットランドの人たちにも知られるようになればいいのに。英訳されたり、映画化されたりして世界に飛び立つことを、灯台ファンとして心から望んでいる。

そして、この物語を読んで、灯台に興味をもって、灯台を好きになってくれる人がもっと増えるといい。

なぜなら、いま灯台は絶滅の危機に瀕しているからだ。古い灯台は補修という選択肢ではなく、取り壊して新築するという方法が選ばれることも多い。そうして作られた新しい灯台は、ＦＲＰ（強化プラスチック）やアルミの簡易的でそっけないもので、光源はレンズを使用せずＬＥＤだ。これでは物語も生まれない。

こうした現象は目先の費用だけを比べることで起こるが、灯台を航路標識という役割だけでなく、近代日本を支えた文化財としても評価して欲しい。充分に観光資源、教育資源となる存在であると思う。経済性、効率性だけを優先させて、人々は幸せになれない。

「海にでた人を安全に帰す」ために今夜も海を見守る灯台は、国の威信をかけて設計・

建設した技師、ムチを振られながらも施工した作業員、命を張って光を守った灯台守、こうした多くの先人たちの想いの結晶なのだ。

この物語をきっかけに、灯台がますます愛され、日本の近代化を照らした歴史的文化財として永く残っていくことを望まずにいられない。百年後の海にも、ブラントンの建てた灯台が光を放っていたら、どんなに素晴らしいだろう。

（ふどう・まゆう／フリーペーパー「灯台どうだい？」発行人）

本書は二〇一四年九月筑摩書房より『ライツ・オン！　明治灯台プロジェクト』の書名で刊行された。

幕末維新のこと　司馬遼太郎　関川夏央編

「幕末」について司馬さんが考えて、書いて、語ったことの真髄を一冊に。小説以外の文章・対談・講演から、激動の時代をとらえた19篇を収録。

明治国家のこと　司馬遼太郎　関川夏央編

司馬さんにとって「明治国家」とは何だったのか。西郷と大久保の対立から日露戦争まで、明治の日本人への愛情と鋭い批評眼が交差する18篇を収録。

星間商事株式会社社史編纂室　三浦しをん

二九歳「腐女子」川田幸代、社史編纂室所属。恋の行方も友情の行方も五里霧中。仲間と共に「同人誌」を武器に社の秘められた過去に挑む!?　（金田淳子）

小路幸也少年少女小説集　小路幸也

「東京バンドワゴン」で人気の著者による子供たちを主人公にした作品集。多感な少年期の姿を描き出す。単行本未収録作を多数収録。文庫オリジナル。

話虫干　小路幸也

夏目漱石「こころ」の内容が書き変えられた！　それは話虫の仕業。新人図書館員が話の世界に入り込み、「こころ」をもとの世界に戻そうとするが……。

通天閣　西加奈子

このしょーもない世の中に、救いようのない人生に、ちょっぴり暖かい灯を点す驚きと感動の物語。第24回織田作之助賞大賞受賞作。　（津村記久子）

この話、続けてもいいですか。　西加奈子

ミッキーこと西加奈子の目を通すと世界はワクワク、ドキドキ輝く。いろんな人、出来事、体験がてんこ盛りの豪華エッセイ集！　（中島たい子）

図書館の神様　瀬尾まいこ

赴任した高校で思いがけず文芸部顧問になってしまった清（きよ）。そこでの出会いが、その後の人生を変えてゆく。鮮やかな青春小説。　（山本幸久）

僕の明日を照らして　瀬尾まいこ

中2の隼太に新しい父が出来た。優しい父はしかしDVする父でもあった。この家族を失いたくない！　隼太の闘いと成長の日々を描く。　（岩宮恵子）

冠・婚・葬・祭　中島京子

人生の節目に、起こったこと、出会ったひと、考えたこと。冠婚葬祭を切り口に、鮮やかな人生模様が描かれる。第143回直木賞作家の代表作。　（瀧井朝世）

水辺にて 梨木香歩

川のにおい、風のそよぎ、木々や生き物の息づかい。カヤックで水辺に漕ぎ出すと見えてくる世界を、物語の予感いっぱいに語るエッセイ。（酒井秀夫）

ピスタチオ 梨木香歩

棚（たな）がアフリカを訪れたのは本当に偶然だったのか。不思議な出来事の連鎖から、水と生命の壮大な物語「ピスタチオ」が生まれる。（管啓次郎）

こちらあみ子 今村夏子

あみ子の純粋な行動が周囲の人々を否応なく変えていく。第26回太宰治賞、第24回三島由紀夫賞受賞作。書き下ろし「チズさん」収録。（町田康／穂村弘）

さようなら、オレンジ 岩城けい

オーストラリアに流れ着いた難民サリマ。言葉も不自由な彼女が、新しい生活を切り拓いてゆく。第29回太宰治賞受賞・第150回芥川賞候補作。（小野正嗣）

少しだけ、おともだち 朝倉かすみ

ご近所さん、同級生、バイト仲間や同僚——仲良しとは違う微妙な距離感を描いた短篇集。書き下ろし二篇を含む十作品。（まさきとしか）

うれしい悲鳴をあげてくれ いしわたり淳治

作詞家、音楽プロデューサーとして活躍する著者の小説&エッセイ集。彼が「言葉」を紡ぐと誰もが楽しめる「物語」が生まれる。（鈴木おさむ）

とりつくしま 東直子

死んだ人に「とりつくしま係」が言う。モノになってこの世に戻れますよ。妻は夫のカップに弟子は先生の扇子になった。連作短篇集。（大竹昭子）

キオスクのキリオ 東直子

「人生のコツは深刻になりすぎへんこと」。キオスクで働くおっちゃんキリオに、なぜか問題をかかえた人々が訪れてくる。連作短篇。イラスト・森下裕美

つむじ風食堂の夜 吉田篤弘

それは、笑いのこぼれる夜。——食堂は、十字路の角にぽつんとひとつ灯をともしていた。クラフト・エヴィング商會の物語作家による長篇小説。

という、はなし 吉田篤弘文 フジモトマサル絵

読書をめぐる24の小さな絵物語集。夜行列車で、灯台で、風呂で、車で、ベッドで、本を開く。開いた人と開いた本のひとつひとつに物語がある。

ちくま文庫

文明開化《ぶんめいかいか》　灯台一直線《とうだいいっちょくせん》！

二〇一七年三月十日　第一刷発行

著者　土橋章宏（どばし・あきひろ）
発行者　山野浩一
発行所　株式会社　筑摩書房
東京都台東区蔵前二―五―三　〒一一一―八七五五
振替〇〇一六〇―八―四一二三
装幀者　安野光雅
印刷所　中央精版印刷株式会社
製本所　中央精版印刷株式会社

ISBN978-4-480-43434-0 C0193